DOMINIK KRIEGE

DER ZAUBERSTAB

Bibliografische Information der Deutschen Nationalbibliothek: Die Deutsche Nationalbibliothek verzeichnet diese Publikation in der Deutschen Nationalbibliografie; detaillierte bibliografische Daten sind im Internet über http://dnb.dnb.de abrufbar.

Die Handlung sowie alle handelnden Personen sind frei erfunden. Jegliche Ähnlichkeit mit lebenden oder realen Personen wäre rein zufällig.

Herstellung und Verlag: BoD – Books on Demand, Norderstedt

ISBN: 9783755799030

»Wäre ich doch ein Zauberer,

müßt' ich nur Handflächen bewegen,

und könnt' alle Probleme, deine Sorgen,

sekundenschnell von dieser Erde fegen.«

(Christopher Tafeit)

1

MONTAGMORGEN

»Steffen, du bist spät heute.«

Angi blickte mich teils fragend, teils vorwurfsvoll von ihrem Schreibtisch an, als ich unser Büro betrat. Wir arbeiteten inzwischen seit sechs Jahren zusammen und ihr Gespür, das ihr als Ermittlerin zugutekam, wirkte sich in solchen Situationen auch anders aus.

»Morgen«, knurrte ich und ließ mich an meinem Platz in den Sessel fallen.

»Na, wir haben ja wieder gute Laune. Herrlich. Und ich hatte mich auf deine blöden Sprüche gefreut.«

»Angi, mach nicht so 'n Theater! Ich habe von gestern noch 'nen Kater.« Ich versuchte mit einem meiner blöden Sprüche den Morgen zu retten. Frau Kriminalhauptkommissarin durchblickte wieder einmal das Spiel.

»Schlecht geschlafen?«

»Hm, ja.« Ich nippte an meinem Tee und verbrannte mir fast die Zunge am heißen Darjeeling. »Flyod hat fast die ganze Nacht gebellt bei dem Sturm und...« Ich ließ den Satz abrupt enden.

»Verstehe. Und...?«, Angi begann nachzuhaken. »Ich höre.«

»Das ist hier ist keine Vernehmung.«

»Steffen, euer bellender Mitbewohner ist nicht der einzige Grund für deine Laune. Was ist mit Karla?«

»Wir hatten wieder einmal Streit gestern Abend.« Ich nahm einen Schluck Tee. »Irgendwie ist es nicht mehr dasselbe wie früher. Ich denke manchmal, wir sind nur noch eine WG, die Sex hat. – Ja, für dich wäre das ideal. Ich weiß...«

»Kommt auf den Mitbewohner an.« Angi lachte auf.

»Nein, im Ernst. Versteht ihr euch gar nicht mehr? Ich meine, so richtig gar nicht?«

»Ich weiß es doch nicht. Es ist alles kompliziert geworden. Seit Karla die neue Stelle hat, ist es..." Das Klingeln des Telefons unterbrach mich in meinen Gedanken.

»Ja, Reinders.«

»Guten Morgen, meine Lieblingskollegen. Unser Dienstgruppenleiter möchte uns alle in fünf Minuten zum Meeting sehen. Große Runde. Wir sind im Raum 'Brüssel'. Cheerio!«

Angi sah mich erneut fragend an, obwohl sie die Antwort dieses Mal schon kannte. »Wann lädt der Chef zur Audienz?«

»Fünf Minuten gewährt er uns noch. Max sagte, dass er alle sehen möchte. Das war es dann wohl mit einem ruhigen Wochenanfang.«

Irgendwer hatte sich einmal ausgedacht die Konferenz- und Besprechungsräume im Polizeipräsidium Bonn nach europäischen Hauptstädten zu benennen. Dabei hatte man jedoch nicht an die Räume, die teilbar waren, gedacht. So gab es im Laufe der Zeit einige Kuriositäten wie 'London 1+2 zusammen' oder 'Madrid+Lissabon geteilt'. Heute also ging es nach 'Brüssel'.

Angi und ich gingen mit Notizbuch, Kaffee und Tee bewaffnet durch die Verbindung zwischen den beiden Gebäudeteilen an der Königswinterer Straße.

Als diese Glas-Stahl-Konstruktion saniert wurde, bemerkte der Berliner Handwerker: »Dit wird 'ne richtig schöne Beamtenlaufbahn hier. Passt of, dat ihr nicht mal jeblitzt werdet!«

Angi versicherte ihm – zwanghaft ein Gespräch vermeiden zu wollen –, dass Verkehrsdelikte bei uns nicht bearbeitet würden.

»Wat macht ihr denn? Na, is och ejal. Eine Frage: Mein Schwager hat 'nen 16 Jahre alten Skoda und will damit sene Tochter zum Studentenwohnheim bringen. Liegt in 'ner Umweltzone. Und nu?«

»Ja, hallo, Meister! Nur mit Umweltplakette!« Angi musste sich sichtlich zusammenreißen. »Wenn er die überhaupt bekommt.« Damit schien für beide Seiten die Diskussion beendet.

Ich lachte in mich hinein, als ich an diese Begegnung dachte, die ich damals aus für mich sicherer Entfernung miterlebt hatte. Die Qualitäten meiner Kollegin wusste ich durchaus zu schätzen. Ihr Humor war genau auf meiner Linie und sie verstand es oft, fehlende Puzzleteile bei Ermittlungen zu sehen, während ich noch die Schachtel hin und her drehte. Ihre schulterlangen braunen Haare trug sie mal offen, mal zum einem Zopf gebunden. Sie wusste ihre Wirkung geschickt einzusetzen. In einer Vernehmung strich sie sich gerne das Haar hinter das Ohr. Ja, sie war die nette Kriminalpolizistin, der man sich anvertrauen konnte. Sofern sie eine Aussage vor Gericht zu tätigen hatte, erschien Angi, eigentlich Angelika, mit Dutt und im schwarzen Hosenanzug. Ja, sie war die erfolgreiche Kriminalpolizistin, die strängend ihre Ermittlungsansätze verfolgte und vor Gericht jedes Detail parat hatte. Privat tauchte sie gerne in das Bonner Nachtleben ein, schaltete hier und da mal mit einem Joint auf dem Balkon ab. Ja, sie war die lebenslustige Kollegin, Anfang 30, die nichts anbrennen ließ. Ich verlor mich in meinen Tagträumen als wir die 'Beamtenlaufbahn' verließen.

Auf dem Flur vor den Besprechungsräumen trafen wir Max, den Kollegen, der uns vorschriftsmäßig eingeladen hatte. Er war heute bester Laune und lieferte den Grund direkt mit: »Ich habe gerade, eher so zufällig, eine Rezension bei Google gefunden. Die musste ich euch ausdrucken!« Max quietschte beinahe vor Vergnügen und hielt uns das DIN A4-Blatt hin.

Meine Nacht im PG-Hotel,

Anreise sehr unangenehm,

Blutend und mit zu Festen Handschellen in einen kleinen Raum gebracht, wo das Hotel Personal mir beim ausziehen geholfen hat. :)

Sie untersuchten meinen Körper als wären sie Biologen.

Wurde dann in mein Hotel Zimmer gebracht und drauf hingewiesen das ich "die fresse zu halten habe.

Zu meinem Hotelzimmer kann ich nur sagen das es sehr ungemütlich eingerichtet war, Toilette war im Boden fest gemacht wie ein plumsklo.

Wasser war abgestellt.

Matratze hart wie ein Stein.

Und Getränke gab es nur aus nem Plastik Becher.

Aber für den Preis bei einer kostenlosen
Übernachtung kann man wohl nicht meckern :)

Mfg
Merhanrababa.

Immerhin gab es von diesem Mitbürger, der eine Nacht im Polizeigewahrsam verbringen durfte, zwei Sterne bei Google!

Nach und nach füllte sich 'Brüssel' mit den anderen Kolleginnen und Kollegen, die sich freie Plätze an einem der in U-Form aufgestellten Tische suchten. Dienstgruppenleiter Oberbrinkhaus schaute in die Runde und stellte schweigend die Anwesenheit fest.

»Guten Morgen, zusammen. Ich will Sie nicht lange aufhalten an diesem Montagmorgen und werde direkt ins Thema einsteigen. Wir werden eine neue Ermittlungsgruppe gründen.«

»Wieso? Die Bewertung bei Google war doch hervorragend!«, platzte es aus Max heraus.

»Herr Ritter, bitte.« Der Gesichtsausdruck von Oberbrinkhaus wechselte in Richtung ernst. »Wir werden gemeinsam mit den Kolleginnen und Kollegen aus dem KK 12 eine Ermittlungsgruppe bilden. Es gibt einen Vermisstenfall aus Beuel-Ost. Ein zwölfjähriger Junge wurde von seinen Eltern am Freitagabend vermisst gemeldet.«

Noch bevor Nachfragen aufkamen, warum das KK 12 hinzugezogen wurde, fuhr der Dienstgruppenleiter fort: »Ein Sexualdelikt ist nicht auszuschließen. Daher wurden wir angewiesen, sowohl Personal aus dem KK 42 [Personenfahndung, Vermisstensachen] und dem KK 12 [Sexualdelikte, BTM-Delikte] zusammen zu führen. Ihr alle wisst, wie sensibilisiert die Öffentlichkeit ist und wir wollen hier kein zweites Lügde.«

Max Ritter saß der Schalk nicht mehr im Nacken. Unter seiner rotblonden Kurzhaarfrisur hatte sich die Stirn verkrampft und die Google-Bewertung war vergessen. »Ich wäre dafür, dass Herr Reinders die Ermittlungsgruppe leitet. Frau Martin und er haben die meiste Erfahrung und sind gut vernetzt in alle

Richtungen. Ich weiß ja nicht, inwieweit wir hier noch Unterstützung bekommen?!«

»Nun, die Kollegen der Wache Innenstadt haben die Meldung aufgenommen. Viel mehr wird noch nicht passiert sein. Ich kläre, welche Möglichkeiten wir haben. Die WaPo [Wasserschutzpolizei] hat bereits mit Kontrollfahrten rheinabwärts begonnen. Mehr weiß ich im Moment noch nicht.«

»Immerhin ist das schon mal angelaufen«, sagte ich, während ich bereits mein Team im Kopf formierte. »Ich kümmere mich darum, dass wir mit dem THW und den Hilfsorganisationen die Ufer absuchen. Da haben wir ja leider Erfahrungen aus den letzten Jahren, dass Kinder beim Spielen den Halt verloren.«

»Gut. Herr Reinders leitet die Ermittlungsgruppe *Delta*. Verteilen Sie bitte dringliche Sachen innerhalb Ihrer Abteilungen an die weiteren Kolleginnen und Kollegen! Frau Martin, Herr Ritter, Herr Herbst, Frau Gonzalez – Sie gehören der Ermittlungsgruppe an. Das KK 12 ist gerade dabei freie Leute zu finden, die stoßen dann dazu. Die Unterlagen der Wache Innenstadt liegen vor. Gibt es in diesem Moment noch Fragen?«

»Ja!« Max schaute nachdenklich auf sein Notizbuch, als würde er weiter mitschreiben. »Wissen Sie bereits, ob den Eltern kürzlich etwas aufgefallen ist? Etwas Ungewöhnliches? Sie wissen, was ich meine.«

Oberbrinkhaus hielt kurz inne. »Der Junge hatte am Freitag Geburtstag. Er wurde zwölf.«

»Hm, bisschen früh für eine Midlifecrisis«, versuchte Max die Stimmung aufzulockern. »Sorry, blöder Spruch. – Ist der Junge am Freitag verschwunden? An seinem Geburtstag?«

»Ja, korrekt. Es sei eine richtig schöne Feier gewesen. Draußen im Garten, das Wetter war ja spitze. Nach der Feier, als Alle beim Aufräumen waren, ist er abgehauen.«

»Kann ich verstehen. Aufräumen hätte ich auch keinen Bock drauf.« Der Gedanke kam und schon hatte ich ihn ausgesprochen. »Aber dass er dann ganz abgehauen ist… Irgendwas muss da gewesen sein. Ist den Eltern in der ersten Erinnerung nichts Merkwürdiges im Gedächtnis geblieben? Irgendwie ein Bauchgefühl oder so?«

»Der Zauberer sei irgendwie *eigenartig* gewesen.«

»Der Zauberer?«

»Ja, die Eltern hatten einen Zauberer für die Gartenparty angeheuert.«

»Ha! Und der hat den Kleinen verschwinden lassen. Zappzarapp!« Max konnte es wieder nicht lassen, wobei dieses Mal Gelächter in der Runde folgte.

»Der war gut«, stimmte ich Max zu, der wohlwollend nickend quittierte.

»Ein eigenartiger Zauberer... Joa, das ist mal was Neues. Wissen wir bereits mehr über diesen Heini?«, fragte ich.

Der Dienstgruppenführer schaute kurz in die Unterlagen. »Nur seinen Namen: *Monsieur lâche*.«

2

HAUSBESUCH

Angi und ich gingen über den Innenhof zu den Parkplätzen, auf denen diverse Streifenwagen geparkt waren.

»Mit den BMW 3ern haben die sich echt keinen Gefallen getan«, beurteilte Angi im Vorbeigehen die geparkten Autos. »Ich bin froh, dass ich da nicht mehr bin. In den Gurken kannste dich nicht richtig bewegen. Zwei Wetterschutzjacken, vielleicht noch ein Praktikant und die Karre ist schon übervoll.«

»Dann nehmen wir lieber den hier«. Ich drückte auf die Funkfernbedienung des schwarzen Audi A4 und ging zur Fahrertür. »Magst du in der Handakte gucken, ob wir noch was haben?«

Für ihre Verhältnisse höchstmotiviert nahm Angi die Unterlagen mit auf den Beifahrersitz und blätterte darin herum, während ich durch die Schranke fuhr und auf die Königswinterer Straße Richtung Norden einbog. Die Handakte enthielt keine besonderen Informationen: Junge, 12 Jahre alt, vermisst, seit Freitagabend. Aufgenommen durch Polizeiwache Innenstadt, Nachtdienst. Weitergeleitet zur Bearbeitung an das KK 42.

Als ich auf der Siegburger Straße war kam ein Lebenszeichen von der Beifahrerseite: »Hier ist ‚Mont Liban'. Da kannste hervorragend libanesisch essen. Früher war da ein Italiener, der war auch gut. Ach, hatte ich dir von meinen Mailand-Trip erzählt, wo ich abends mit Carola die beiden Italiener abgeschleppt habe? Der hatte schon … na ja, 'ne dicke Nudel.«

»Nö. So etwas wird mir gerne verheimlicht. Aber freut mich, dass du im Urlaub guten Appetit hattest.«

»Och, Steffen. Als ob du nicht deine Handfesseln mit Klara benutzt. Kannst mich nichts vormachen.«

»Was? Ähm, Lüge, Lüge.« Ich räusperte mich und Angi grinste breit über das ganze Gesicht.

»Da vorne links«, sagte sie und machte eine kurze Kopfbewegung. »Schevastesstraße und dann rechts. Im Röhnfeld.« Angi machte einen anerkennenden Blick aus dem Fenster. »Tja, die Hütten sind alle abbezahlt. Zur Miete wohnen die hier auch nicht.«

»Deswegen kann man sich in dieser Gegend auch Zauberer leisten.«, gab ich zurück.

»Chapeau, Monsieur.«

Mit Notizbuch und Handakte unter dem Arm gingen wir auf das Reihenendhaus zu. Ich klingelte. Eine jung wirkende blonde Frau öffnete die Haustür. Eher zögerlich, als hätte sie Angst vor dem, was draußen stand.

»Guten Tag. Mein Name ist Reinders von der Kriminalpolizei. Das ist meine Kollegin Frau Martin.« Wir zeigten unsere Dienstausweise und wurden hinein gebeten.

»Anja Sonntag. Bitte. … Günther, kommst du? Die Polizei ist nochmal da. Wegen Leo.«

Günther Sonntag – oder wie er sich vorstellte »Für Sie immer noch *Herr* Sonntag« - war ein großgewachsener Mann jenseits der 50. Sein weißes Haar würde man in der Werbung sicher als ‚arktikblond‘ bezeichnen. Er trug einen dunkelblauen Pullunder über seinem hellblauen Hemd und wirkte insgesamt sehr reserviert, fast arrogant. Ich vermutete, dass seine Frau um einige Jahre jünger war und es sich nicht um seine erste Ehe handelte.

Angi bestätigte später im Auto meinen Eindruck: »Das ist doch einer dieser Telekom-Schnösel, der sich eine junge Frau gesucht hat.«

»Was können wir Ihnen denn sagen, außer dass unser Sohn verschwunden ist?« Herr Sonntag hatte sich am Esstisch vor Kopf niedergelassen. Es schien fast so, als würde er Hof halten und nun die Berichte seiner Angestellten hören wollen. »Wir haben uns ja am Freitagabend direkt gemeldet. Seitdem ist nicht viel passiert. Außer dem Wetterumschwung. Und am Wochenende haben Sie wahrscheinlich ohnehin nicht gearbeitet!«

»Wir arbeiten *immer*«, begann Angi sich zu rechtfertigen. »Das nennt sich Rufbereitschaft – am Wochenende und an Feiertagen gibt es die auch.«
Ich warf ihr einen Blick zu, den sie verstand und sie fuhr innerlich wieder runter.

Um der Situation die Schärfe zu nehmen setzte ich neu an. »Ich kann gut verstehen, dass Sie aufgebracht und besorgt sind. Das ist eine Ausnahmesituation, keine Frage. Wir haben von den Kollegen in der Innenstadt alle Informationen bekommen und nun liegt es an uns, die weiteren Schritte einzuleiten. Dazu möchten wir gerne noch einmal mit Ihnen sprechen. Wir arbeiten im Kommissariat für Vermisstensachen. Die Kollegen in der Stadt sind da einfach nicht die Fachleute.«

»Schön, dass die Fachleute jetzt bei uns zuhause sind«, kommentierte Günther Sonntag ironisch.

Ich konnte in Angis Gesicht ihre Gedanken lesen: *Du arroganter Arsch! Deine Frau macht sich Sorgen um euren Sohn und du machst hier auf den großen Meck, weil dir zwei junge Kripos gegenüber sitzen und nicht bereits Freitagnacht hier alles auf den Kopf gestellt haben. Und einen kleinen Schwanz hast du sicher auch!*

»Wir waren nicht untätig. Die Wasserschutzpolizei sucht bereits am Rhein nach Hinweisen und wir arbeiten mit weiteren Kräften aus unserem Haus im Hintergrund an der Sache.«

Ich erläuterte die Abläufe und Prozesse, um unsere Kompetenz ein wenig herauszustellen. Herr Sonntag schien Vertrauen zu fassen. Da hatten die jungen Leute also doch etwas drauf. »Würden Sie mir uns bitte noch einmal erzählen, was am Freitag war?«, setze ich neu an.

Frau Sonntag ließ ihren Mann erst gar nicht zu Wort kommen. Sie hatte merklich Redebedarf und schilderte präzise die Vorbereitungen für die Geburtstagsfeier. Wo sie einkaufen war, was es zu essen gab, wer eingeladen war und wer kurzfristig absagte. Ein Großteil der Polizeiarbeit besteht aus Zuhören. Ähnlich wie bei einem Psychotherapeuten oder Seelsorger. So ließ ich Frau Sonntag weiter erzählen, um ihren Prozess der Verarbeitung nicht zu unterbrechen. Angi machte sich hier und da Notizen, klammerte Absätze ein und versah Stichpunkte mit Fragezeichen oder Sternchen. Was das anging, waren wir ein perfektes Team. Ich hörte zu, sie machte sich Notizen in ihrer speziellen Weise und Ende trugen wir beides zusammen.

»Frau Sonntag, vielen Dank, dass Sie sich an so Vieles erinnern. Das ist bemerkenswert und jede Einzelheit kann uns weiterhelfen.«

Anja Sonntag wirkte sichtlich zufrieden mit meinem Feedback.

»Gab es mit ihrem Sohn in der letzten Zeit Streit? Wegen der Schule, wegen Ihnen beiden oder sonst irgendetwas?«

Günther Sonntag hielt sich nun dezent zurück, während seine Frau überlegte, bevor sie antwortete: »Nein, nichts. Leo hat keine Probleme in der Schule. Da macht er sich gut und fühlt sich wohl. Er hat viele Freunde, denke ich. Und zwischen mir und meinem Mann ist alles in Ordnung. Ich kann nicht...« Sie suchte nach der richtigen Formulierung. »Ich begreife das einfach nicht. Also, warum. Warum sollte er einfach abhauen. Verstehen Sie?«

»Ja, das verstehe ich sehr gut. Manchmal werden einem die Gründe für ein solches Verhalten auch erst viel später klar. Ist Leo bei Freunden oder Verwandten untergekommen?«

»Nein. Wir haben alle abtelefoniert. In der WhatsApp-Gruppe der Eltern aus der Schule weiß auch niemand etwas.«

»Eine Frage habe ich, auch wenn sie mir etwas unangebracht scheint. Die Kollegen aus dem anderen Kommissariat werden diese Informationen aber sicher brauchen. Abgesehen von den Fotos, die Sie uns zur Verfügung gestellt haben: Würden Sie sagen, dass Leo ein hübscher Junge ist? Hübsch im Sinne von ‚ansprechend‘?«

»Oh, Gott. Meinen Sie etwa…« Herr Sonntag war nun wieder ganz bei der Sache. »Irgend so ein perverses Schwein hat was damit zu tun?«

»Herr Sonntag, das kann ich derzeit nicht sagen. Aber wir müssen im Moment in *alle* Richtungen denken. So leid es mir tut.«

»Verstehe.« Günther Sonntag nickte und hielt kurz inne. »Ja, in gewisser Weise. Ich meine, er schwimmt viel, also er hat schon Anleihen von einem Sportler. Das kann ich als Vater doch nicht beurteilen, ich meine, was soll ich dazu sagen?! Wenn so ein krankes Individuum auf so etwas steht. Er sieht schon sehr reif aus für sein Alter. Das ist sicherlich richtig.«

Angi blickte von ihren Notizen auf. »Schon gut. Vielen Dank. Wir gehen derzeit nicht davon aus, dass es sich um ein Gewaltverbrechen handelt. Aber wie Herr Reinders schon sagte, wir *denken* zunächst in alle Richtungen und versuchen uns ein Bild zu machen. Und manchmal versuchen wir eben wie ein möglicher Täter zu denken. Falls es überhaupt einen gibt.«

Frau Sonntag wischte sich die Tränen mit einem Kleenex ab.

»Wir möchten Sie auch nicht weiter behelligen. Ich habe noch eine abschließende Frage. In Ihrer Aussage sprachen Sie über einen Zauberer, der Ihnen eigenartig vorkam.« Fragend schaute ich Frau und Herrn Sonntag an.

Anja Sonntag hatte ihre Fassung wieder erlangt. »Ja, Günther, das stimmt. Den habe ich ganz vergessen. Der war in der Tat etwas komisch. Leo hatte sich unbedingt eine Zaubervorstellung gewünscht und über Ebay-Kleinanzeigen hatte ich den gefunden... Diesen Monsieur Lachen oder Lacher...«

»*Lâche. Monsieur Lâche*«, schaltete sich Herr Sonntag ein. »Der Name wirkte ja schon lustig.«

»Am Telefon fragte er mich ein paar Sachen. Aber das kam mir nicht ungewöhnlich vor.« Frau Sonntag fuhr fort. »Na ja, der rief mit unbekannter Nummer an. Und fragte wie alt das Geburtstagskind werde und ob es ein Junge oder ein Mädchen sei und wo wir wohnen würden und so weiter. Darüber habe ich mir keine Gedanken gemacht. Ich meine, der will sich ja vorbereiten auf seine Zuschauer und passt das sicher auch an. Sein Programm.«

»Was genau empfanden Sie denn dann als eigenartig?« Angi wartete mit schreibbereitem Kuli.

»Günther, der hatte doch dieses Schild am Zauberkoffer, nicht?! Ich fand das erstmal lustig, weil das wie auf der Kirmes war.«

Das Schild wirkte im Nachhinein noch ein-prägsamer. Mehr noch. Nun schien es die beiden Eltern zu verhöhnen.

Ich hob erwartungsvoll die Augenbrauen: »Was stand auf diesem Schild?«

»*Junger Mann zum Mitreisen gesucht.*«

3

LORAZEPAM

Angi saß auf dem Beifahrersitz und hatte ihr Kinn auf die rechte Hand gestützt, den Ellenbogen statisch passend am Fenster platziert. »Was hälst du davon?«

»Max hat Recht.«

»Steffen, was meinst du?«

»Der Zauberer hat den Jungen verschwinden lassen.«

»Wenn es sich tatsächlich um ein Sexualdelikt handelt, sind die Jungs vom KK 12 am Ball. Das können wir schön zu denen rüberschieben.« Angi streckte sich aus bei dem Gedanken.

»Na ja, es ist ja noch nicht bestätigt. Und so lange der Junge vermisst wird – und die Ermittlungsgruppe Delta läuft – sind *wir* am Ball. Ich hoffe, dass es inzwischen bei den anderen etwas mehr gibt.«

»Rechthaber! Genau, Rechthaber! Zur Strafe bremsen wir beim Libanesen an. Ich hab Hunger.«

Wir suchten uns einen Tisch hinter der Dekomauer und ich fühlte mich ein bisschen wie in einem Schützengraben. Die Speisekarte bot ‚geschmackliche Vielfalt' und obwohl ich eigentlich nicht der Typ für orientalische Küche bin, war das Essen ausgezeichnet.

Nachdem wir bezahlt hatten und dank des Anhalte-stabes 'HALT – Polizei' auf dem Armaturenbrett einem Knöllchen entkommen waren, fuhren wir zurück ins Präsidium. Zwei Kollegen aus dem KK 43, Spuren-sicherung, versuchten gerade ihre Ausrüstung in einem der 3er BMW zu verstauen.

Aus dem Innern hörte ich nur die Flüche des altgedienten Kollegen: »Wie könn' die nur so 'ne Driss kaufen? Für nix Platz. Hoffentlich kommt hier bald der grooiße Adler und scheißt hier alles zu!«

Ich erkannte seinen jüngeren Kollegen, dem rund 30 Jahre mehr bis zu Pensionierung bevorstanden und winkte ihm zu.

»Hallo, Herr Reinders. Haben Sie freie Planstellen in Ihrer Abteilung?«

»Sprich mal mit Frau Deppe im Personaldezernat. Die macht das schon.«

Wir ließen die beiden Spurensicherer und ihre Beladungsarie zurück. Am Schreibtisch checkte ich zunächst meine E-Mails und suchte dann im Kalender nach einem freien Raum für ein Teammeeting.

»Reinders.« Ich hob den Hörer nach dem vierten oder fünften Klingeln ab.

»Daniel Tewes. Grüß dich!«

»Ach, die versprochenen Kollegen sind aufgefunden worden. Hoffentlich alle wohlauf.«

»Steffen, es tut mir leid. Ich kann im Moment niemanden entbehren für deine *Taskforce Alpha* oder wie das Ding heißt. Die haben mir drei Leute abgezogen nach Münster und unser Tagesgeschäft geht auch weiter. Wird Zeit, dass mal wieder eingestellt wird. Vernünftige Leute.«

»Daniel, mach dir keinen Stress.« Mit den Jahren hatte ich eine gewisse Gleichgültigkeit entwickelt, was die personellen Ressourcen anging. Schlussendlich waren alle chronisch überlastet: Gefahrenabwehr/ Einsatz, Kriminalität, Verkehr… »Wir kriegen das schon hin. Und derzeit ist ein Sexualdelikt nicht bestätigt. Also kannst du uns den schwarzen Peter ja schön zurückschieben.«

»Boah, diese Bürokratie«, schnaubte der Leiter des KK 12 ins Telefon. »Irgendwann…«

»…kommt der große Adler und scheißt hier alles zu.« Ich musste mein Lachen stark unterdrücken.

»Ähm, was??«

»Nicht so wichtig. Ich habe vorhin den Tobias und Harry Hastenichtgesehen aus der Spurensicherung getroffen. Harry ist gedanklich schon auf seinem Segelboot. Er war nicht sonderlich zufrieden mit seinem Poolfahrzeug.«

»Hahaha. Na, der hat's gut. Dessen Tage zählen wir besser in Jahren. Also bis später. – Und wenn ihr was für uns habt, sag Bescheid!«

»Danke, machen wir!«

Ich informierte kurz Angi über die fehlende Unterstützung und war insgeheim mit meinem kleinen Team, das nur aus Leuten der eigenen Abteilung bestand, zufrieden.

»Übrigens.« Angi hob den rechten Zeigefinger. »Amsterdam hat bestätigt.«

»Wieso Amsterdam? Was wollen wir von denen? Ich kann da auch keinen.«

»Die automatische Antwort auf deine Besprechungsanfrage. Der Raum ist gleich frei und daher wurde allen die Einladung bestätigt. Amsterdam. Der Besprechungsraum.«

»Oh, Gott.« Ich musste plötzlich wieder an den großen Adler denken, der metaphorisch über der Spurensicherung kreiste.

Nachdem ich mich auf der Herrentoilette erleichtert und die Gedanken etwas sortiert hatte, steuerte ich *Amsterdam* an. Die Kolleginnen und Kollegen warteten bereits an dem Besprechungstisch, der für mehr Personen ohnehin nicht Platz gehabt hätte.

»Guten Tag, Ermittlungsgruppe Delta! Kommandant zugegen!«, eröffnete Max im Befehlston die Runde.

»Ähm, ja. Vielen Dank für diesen hilfreichen Beitrag.«, sagte ich. Trotzdem schaffte es Max wieder einmal mich zum Schmunzeln zu bringen.

»Angi und ich haben uns heute Vormittag mit den Eltern des vermissten Leo getroffen.« Angi berichtete anhand ihrer Notizen von unserem Gespräch, bis sie am Schluss von Max unterbrochen wurde:

»Siehste! Der Zauberer war's!«

Angi zwinkerte über den Tisch zu Max herüber. »Leider zu spät. Den hat Steffen schon im Auto gebracht.«

Ich versuchte wieder etwas Ordnung in das Geschehen zu bringen. »Wie auch immer. Gibt es etwas Neues von der WaPo oder habt ihr über Nachbarn oder Freunde etwas in Erfahrung gebracht?«

Die Ergebnisse waren insoweit ziemlich ernüchternd. Die Wasserschutzpolizei hatte weder Kleidungsstücke noch eine Kinderleiche gefunden, das THW war personell stark unterbesetzt und so gut wie gar nicht angetreten bislang und die Vernehmung von Nachbarn oder Verwandten bestätigten die Aussagen der Eltern. Es gab keine Familienstreitigkeiten, der Junge war nie besonders in Erscheinung getreten und perverse Verwandte waren auch nicht gesichtet worden.

Ich informierte über die zunächst fehlende Unterstützung aus dem anderen Kommissariat und begann die Aufgaben für die nächsten Stunden beziehungsweise Tage zu verteilen:

»Sylvia und Sebastian, übernehmt bitte die Abstimmung der Fahndung. Bilder haben wir ein paar bekommen; sucht wie immer die geeignetsten aus. Max, wenn du zwischen Schieß- und Fitnesstraining Zeit findest, sprich doch bitte mit den Jungs vom KK 12 und den Nerds! Die sollen anhand unserer Fotos checken ob es irgendwelche Bilder von dem Jungen im Internet gibt. Und wenn dir noch was einfällt, nichts wie los.«

»Haste gesehen, dass ich wieder trainiere, ne? Bestimmt an den Oberarmen.«

»Ja, allerdings. Die sind schon ganz geil.« Ich warf Max eine Kusshand zu.

Max verschränkte die Armen hinter dem Nacken und lehnte sich zurück. »Dafür hat es schon gelohnt!«

»Uns darf auch keiner zuhören«, erwiderte ich trocken. »Angi, wir beide versuchen mehr über diesen *Monsieur lâche* in Erfahrung zu bringen. Max, du darfst uns gerne unterstützen. In Anbetracht der Zeit würde ich sagen, auf geht's. Wir tauschen uns dann untereinander im Büro aus. Diese Raumbuchungen quer durch Europa verwirren mich nur.«

Der Gedanke, wie man einen Zwölfjährigen unbemerkt von einer Feier verschwinden lassen kann, ließ mich nicht locker. Ohne Hilfsmittel wie Pharmazeutika oder anderen Drogen wäre das nur schwer umzusetzen. Um mich erst einmal zu vergewissern, fuhr ich zur Quelle, die mir ohne großes Aufsehenerregen Informationen beschaffen würde.

Nach einer kurzen telefonischen Rückversicherung, ob der Herr Doktor heute im Haus sei, stieg ich erneut ins Auto.

Die Pathologie des Uniklinikums Bonn am Venusberg hatte ihren Sitz in Gebäude 62. Ich parkte im Parkhaus Süd des Venusberg-Campus und fand, nachdem ich mich gegen den Eingang für gynäkologische Notfälle entschied, die Pathologie. An der Anmeldung drückte ich auf den Summer der Sprechanlage.

»Ja, bitte!«, plärrte eine Frauenstimme mir aus den Wand entgegen.

»Reinders. Kripo Bonn. Ich möchte zu Doktor Stumpe.«

»Aha.«

Mit der Zeit überträgt sich die Wortkargheit der Klienten anscheinend auf das Personal, dachte ich. Es dauerte gefühlte zehn Minuten bis die Milchglastür mit der Aufschrift *KEIN ZUTRITT - GESCHLOSSEN HALTEN* geöffnet wurde.

Ich kannte Gerd Stumpe seit vielen Jahren und für Informationen auf dem ‚kleinen Dienstweg' – in beide Richtungen – war er immer zu haben. Er kam gerade aus einer seitlichen Tür in den Flur, trug einen grünen Kasack und schien sich soeben die Hände desinfiziert zu haben.

»Na, brauchst du mal wieder ein Rezept, ohne, dass ich lästige Frage stelle? Lass mich raten. Haste dir einen Tripper einfangen?«

»Gerd, nicht schon wieder. Ich fahre doch extra nicht mehr nach Fernost!«

»Dann ist's ja gut. Sonst hätte ich dich erstmal übers Knie gelegt, mein Junge.« Sein alpakaähnlicher Vollbart unterstützte sein breites Lachen zusätzlich. Er freute sich sichtlich darüber, dass er an der Tradition der sinnlosen Blödelei bei jedem Treffen festhalten konnte.

In seinem kleinen Büro in dem Bau aus den 1970er Jahren roch es nach Pfeife. Ich setzte mich gegenüber an seinen Schreibtisch, während Doktor Stumpe einige Akten und ein Diktiergerät an die Seite räumte. Ich erzählte ihm von meinen Überlegungen und fragte ihn nach seiner Einschätzung.

»Ich denke, es muss etwas sein, das schnell wirkt und leicht zu bekommen ist. Ich denke an Schlaftabletten oder so.«

»Ja und nein. Die Wirkung setzt zeitlich viel später ein, später, als du es gebrauchen kannst für deine Zwecke. Und die Dosierung wäre mir bei einem Kind zu unsicher. Du willst es doch nicht sofort umbringen. Nein, Steffen...« Gerd hob den Kopf Richtung Decke und las mit den Augen einen nichtvorhandenen Text. »Nimm Lorazepam!«, sagte er schließlich.

»Ein Beruhigungsmittel.«

»Lorazepam ist ein Arzneistoff aus der Gruppe der Benzodiazepine und wirkt als solcher angstlösend, sprich anxiolytisch, sedierend, sprich beruhigend, muskelentspannend, also muskelrelaxierend und krampflösend, sprich antikonvulsiv. Wie alle Benzodiazepine wirkt Lorazepam direkt an den Verbindungsstellen zwischen den Nervenzellen im Gehirn. An diesen sogenannten Synapsen kommunizieren die Nervenzellen über Botenstoffe, die Neurotransmitter, miteinander. Manche Botenstoffe lösen in der Zielzelle eine Erregung, in Form eines elektrischen Potentials, aus, während andere die Erregungsfähigkeit der Zielzelle hemmen. Letztere werden auch inhibitorische Neurotransmitter genannt, wobei der häufigste und wichtigste Botenstoff dieser Klasse GABA, die Gamma-Aminobuttersäure, ist. Lorazepam bindet an eine Unterform der GABA-Bindungsstelle und erhöht die Öffnungswahrscheinlichkeit in Anwesenheit von GABA. Auf diese Weise wird die inhibitorische Wirkung von GABA verstärkt.«

»Ich habe Butter verstanden.«

»Immerhin etwas. Das Interessante ist, für dich als Vergewaltiger, dass es schnell wirkt. Nach der Einnahme wird Lorazepam schnell und nahezu vollständig ins Blut aufgenommen. Es kann die Blut-Hirn-Schranke passieren und so in das zentrale Nervensystem übertreten.«

»Und es beruhigt.« Ich nickte zustimmend in Doktor Stumpes Richtung.

»Ja, sicher. Und das verdammt schnell. 15 bis 20 Minuten, je nach Dosierung. Oft kommen Müdigkeit, Schläfrigkeit und Benommenheit dazu. Du bist Teil des Ganzen und bist dennoch ein Stück weit von dir selbst getrennt.«

»Also könnte ich das theoretisch einem zwölfjährigen Jungen in seinen Kuchen, seinen Pudding, seine Cola bröseln und er würde es so gut wie nicht merken.«

»Steffen, theoretisch: Wenn du es auf einen Zwölfjährigen abgesehen hast, gibt es nichts Besseres.«

4

SCHWARZE ZIFFERN
AUF GELBEM GRUND

Ich löste mein Auto per 2,50 Euro am Kassenautomaten aus und fuhr Richtung Ausfahrtschranke. Ein Blick auf die Uhr im Armaturenbrett und anschließend auf meine innere Uhr und der Entschluss stand fest: *Du fährst nach Hause.* Sofern Angi oder Max heute noch neue Erkenntnisse hätten, würde das Telefon ohnehin sofort klingeln. Ich hatte wahnsinnige Kopfschmerzen. Der Wetterumschwung der letzten Tage war für mein persönliches Biowetter eine Herausforderung.

Ich hielt an der Apotheke an der Bornheimer Straße, um mich zumindest für den heutigen Abend mit Ibuprofen zu versorgen. Karla würde mir Vorwürfe machen, dass ich schon wieder Tabletten in mich reinschmeiße, anstatt mehr zu trinken und ausgewogener zu essen. Aber das war mir heute egal. Dann wäre es eben der nächste Streit. Auf einen mehr oder weniger kam es nicht mehr an auf unserem Streitkonto. Dort hatten wir in den letzten Monaten schon gut eingezahlt.

Ich wartete am Eingang der Apotheke, bis ich an der Reihe war und den nötigen Corona-Abstand zu den anderen Kunden einhalten konnte. Immerhin war ‚Tilly' heute da. Tilly – ich kannte nicht einmal ihren richtigen Namen – hatte die Apotheke vor vielen Jahren von ihrem Vater übernommen. Nun war sie die gute Seele und hatte sich über die Jahre ein enormes Fachwissen über Medikamente angeeignet und über ihre Kundschaft.

»Na mi Jung. Häs de Kopping?«

»Tilly, wenn's geht gerne hochdeutsch. Und ja, habe ich.«

»Oh, d'r här Polizeipräsident. Hochdeutsch, wenn es genehm ist.«

Tilly griff nach einer Packung Ibuprofen 600 und schob sie zu mir rüber. »Denk an deinen Magen! Nicht alle auf einmal. Dat sin kein Smarties!«

»Nein, nein, mache ich nicht. Vielleicht liegt es auch nur an dem Tag heute oder am Wetter.«

»Wat haste dann? War ein strammer Tag bei euch?«

Tilly zog mich halb am Tresen vorbei Richtung Schaufenster, als ob es dort eine unsichtbare Tür gäbe, die uns vom Rest der Apotheke trennen würde.

»Ja, heute war schon irgendwie viel los für'n Montag. Ein neuer Fall und zu wenig Leute und keine richtigen Ansatzpunkte. Das wurmt mich gerade.«

»Weißte was, Junge? Du machst jetzt Feierabend und dann beruhigste dich mal erst. Sollst sehen.«

»Apropos Beruhigung. Hast du Lorazepam vorrätig?«

»Dat jeht net! Steffen, du bist ein lieber Kerl. Aber ohne Rezept kann ich das nicht machen. Weil ich dich kenne: Du bringst mir das Rezept nach – aber morgen sofort! Isch kumm en Teufelsküche!«

»Alles gut. Ich fragte eher aus beruflichem Interesse. Die Ibus reichen mir schon. Ich wollte eigentlich wissen, ob du so was bestellen musst oder immer da hast. Also, ob Lorazepam oft nachgefragt wird.«

»Selten.« Tilly kniff die Augen zusammen. »Das ist erst recht nicht wie Smarties. Aber normalerweise haben wir das da.«

»Nein, schon klar. Mehr wollte ich auch gar nicht wissen. Was bekommst du für die Ibuprofen?«

»5,80 Euro mein Guter. Warte mal… Jetzt wo do et sähs. Da war die Tage so einer hier, der fragte auch nach Lorazepam. Ob ich das da habe und was auf dem Rezept stehen muss und solche Sachen. Welche Nebenwirkungen das hat. Ich hab ihm gesagt: Ich bin keine Auskunft!«

»Kam der Typ noch mal wieder?«

»Ja, sicher. Hatte dann irgendein Privatrezept. Na ja, dann soll er es haben.«

»Wann war das? Weißt du noch wie er aussah?«

»Das war… Montag oder Dienstag letzte Woche. Wie sah der aus? Na ja, recht groß war der. Und denn so 'ne Otto-Schily-Frisur, vielleicht ein bisschen gepflegter. Und eine grüne Brille mit rundem Gestell.

Das sah aus wie eine Damenbrille. Steffen, in dunkel-grün! Also so was würde ich mir nicht mal zulegen.«

»Tilly, das ist wichtig. Hast du das Rezept noch?«

»Nein, Privatrezept kriegste doch wieder zurück. Ich nehme dann das Medikament aus meinem Bestand. Und dann war's das. Und wenn was eingelesen wird, geht das sofort verschlüsselt an die Kasse. Das haben wir den feinen Damen und Herren in Berlin und Brüssel zu verdanken. Europäisches Datenschutz-verordnungsverfahren und so weiter. Du kennst das besser. Damit habe ich mich nie beschäftigt.«

»Wer war denn Montag oder Dienstag noch da von deinen Leuten? Könnt ihr den Mann noch näher beschreiben?«

»Die Ulla war noch da. Die macht ja nur vormittags ihre Stunden. Die ist morgen früh wieder hier. Ich frag sie. Aber der hatte seine Maske auf wegen Corona und so weiter. Da siehste die Leute eh nur zur Hälfte.«

»Und eure Überwachungskameras? Ich besorge morgen den richterlichen Beschluss für die Aufnahmen. Vielleicht erreiche ich heute Abend noch eine Freundin bei der Staatsanwaltschaft.«

Tilly zeigte auf die Kamera in der Ecke des Verkaufsraums. »Die hier oben ist hinüber. Das darfste niemanden sagen, wegen der Versicherung. Ich bin da dran, dass das gemacht wird.«

»Und das ist die einzige Kamera?«

»Nein, ich habe noch eine zweite zur Straße hin. Ich muss meinen Sohn fragen, wie das geht. Das wird ja abgespeichert auf einer Festplatte und dann übergespeichert. Ich bin da raus. Aber ich frag ihn nachher. Er soll herkommen und die Aufnahmen sichern.«

»Tilly, du bist die Beste. Danke dir.«

»Dat well och minge! Tschüss dann, nicht?!«

»Ach, warte. Ich schreibe dir hier noch einmal meine Nummer auf. Falls dir noch etwas einfällt zu dem mysteriösen Käufer, ruf mich an. Ganz egal wann.«

»Jaha! So, der Herr Kommissar hat jetzt Feierabend.«

»Der Herr *Kriminalhaupt*kommissar geht jetzt in den Feierabend. Tschüss, Tilly!«

Im Augenwinkel sah ich wie Tilly mich mit stummen Worten nachäffte. KriminalHAUPTkommissar. Dabei hatte sie augenscheinlich mehr Spaß als ich.

Zuhause angekommen stellte ich den A4 neben der Hecke am Hauseingang ab. Das Auto würde vor morgen früh niemand vermissen und wenn doch, konnte ich es auf die neue Aufgabe als Leiter der Ermittlungsgruppe schieben, dass es noch nicht wieder zurück war.

Floyd begrüßte mich wie verrückt. Schön, wenn man zwischen einer Stunde und einem Jahr nicht unterscheiden kann. Manchmal wünschte ich mir das Zeitgefühl eines Hundes. Karlas Begrüßung hingegen fiel nicht sonderlich überschwänglich aus. Wir tauschten uns etwas über unseren Tag aus, wobei sie deutlich mehr Redeanteil hatte und ich erst nach dem Wirken der Ibuprofen halbwegs zuhören und verstehen konnte.

Das Abendessen fiel recht spartanisch aus. Wir backten uns Focaccia auf, dazu gab es Antipasti vom Aldi und wer mochte konnte Wein dazu bestellen. Karla mochte. Und ich eigentlich auch. Wobei irgendwie war mir nicht danach, mit Rotwein für die nötige Bettschwere zu sorgen. Ein Glas zum Essen ging dann doch und ein zweites, weil man auf einem Bein ja schlecht steht und die Flasche ohnehin offen war.

Es war recht spät als ich von meiner Runde mit Floyd zurückkam. Mein Handy vibrierte in meiner Jackentasche. Floyd schaute interessiert hoch. Nachdem das Telefon zum dreihundertsechzigsten Mal als nicht verzehrbar identifiziert wurde, setzte er seine Runde Richtung Küche und dann Richtung Wohnzimmer fort.

»Ja. Reinders.«

»Hallo. Hier ist die Tilly.« Sie nannte sich tatsächlich selbst so am Telefon, was ich irgendwie niedlich fand für eine Frau Mitte sechzig.

»Oho. Wir müssen leise sprechen. Ich bin verheiratet.«

»Du alter Spinner. Hömma, mir ist da noch was eingefallen. Und der Jost ist auch hier wegen der Aufnahmen.«

»Na, da bin ich aber gespannt.« Mein Interesse an diesem späten Anruf war nun keineswegs mehr vorgetäuscht.

»Dieser Mann, also der mit dem Lorazepam, parkte hier fast vor der Tür. Das war richtig unverschämt, wie der hier den Radweg und fast den Bürgersteig blockierte. Und das Auto! Steffen, das hättest du sehen müssen! Das war ein französischer Wagen in dunkelbau und hinten die Stoßstange mit Klebeband festgemacht. Absurd! Ach, dass mir das doch heute nicht eingefallen ist…«

»Kein Problem. So etwas kommt oft plötzlich wieder ins Gedächtnis, wenn man nicht damit rechnet. Aus heiterem Himmel.«

»Ja, dat saach isch dir. Hömma, der Jost hat das hier im Internet nachgeguckt, was für ein Auto das war. Ich bin mir sicher: Das war ein Citroën… Wie heißt das, Jost? Xena, Xanthippe?«

Ich hörte im Hintergrund Jost seufzen. »*Xantia* ist das Modell, Mutter.«

»Ja, richtig. Xantia. So ein bescheuerter Name. Können sich auch nur die Ausländer ausdenken so was. Ja, genau, das Kennzeichen war nämlich auch nicht von hier. Das war ja schwarz auf gelb.«

»Hmm«, sagte ich automatisch, als ich anfing zu überlegen. »Spontan fallen mir ein: die Niederlande, Frankreich, Großbritannien.«

»Ja, nun warte mal!« Im Hintergrund wurde leise geredet, als ob jemand seine Hand auf den Hörer gelegt hätte. »Jost hat das gleich am Laufen. Der macht das gerade fertig hier.«

Es dauerte einen Moment und ich begann gedanklich den nächsten Tag durch zu planen. 8.00 Uhr musste ich auf jeden Fall im Präsidium sein. Früher wäre wahrscheinlich noch besser. Andererseits sollte ich mir vielleicht wirklich etwas Beruhigung gönnen und versuchen vernünftig zu schlafen. Genau. *Ich lege mich gleich hin. Floyd ist versorgt und Klara wird ohnehin schon auf dem Weg ins Bett sein.* Da würde eh nichts mehr laufen an diesem Abend.

»Herr Reinders?« Ich hörte eine Männerstimme, die mich aus meinen Gedanken zurückholte.

»Ja, ich bin noch hier.«

»Hallo. Bergmann, Jost Bergmann. Herr Reinders, ich habe ein Kennzeichen für Sie.«

5

FLUG AF1711

Es war 6.40 Uhr als ich mit dem schwarzen Audi A4 auf das Gelände des Präsidiums einbog. Von unterwegs hatte ich bereits meiner Ermittlungsgruppe Bescheid gegeben, dass sich am Vorabend noch neue Hinweise ergeben hatten. Die Nacht hatte ich unruhig geschlafen und war verdammt früh mit Floyd vor die Tür gegangen. Für sein Verständnis zu früh. Er zog es vor, sich unmittelbar nach der Rückkehr noch einmal für ein Nickerchen hinzulegen.

Ich ging ins 'Bistro Dahlienfeld', unsere Kantine, die auch der Öffentlichkeit zugänglich war. Allerdings waren überwiegend zur Mittagszeit Mitarbeiterinnen und Mitarbeiter der umliegenden Behörden, wie dem Zollamt oder dem Bundesamt für Post und Telekommunikation, zu Gast. Morgens um diese Zeit waren die *Bullen* noch unter sich. Ich musste an einen Spieleabend denken, bei dem beim ‚Tabu-Spiel' der Begriff *Bulle* gesucht wurde. Karla sollte raten und auf die Beschreibung unserer Freundin »Was ist der Steffen?« antwortete sie mit »Ein Arsch«. Damals hatten wir das alle ganz lustig gefunden.

Ich schlurfte mit meinem Cappuccino – und ja Karla, ich nahm Zucker – Richtung Fenster. Mehr schlecht als recht konnte ich über die Schießtrainingsanlage und das Gebüsch Richtung Bonner Bogen schauen.

Ach ja, ein Spaziergang am Oberkasseler Ufer wäre jetzt nicht verkehrt, ging es mir durch den Kopf. *Wie heißt die neue Herzklinik nochmal? Cardionovum? Joa, wenn's soweit ist mit meinem Infarkt, will ich da mal einchecken. Allein wegen der Aussicht. Gott schütze die Beihilfe und die private Krankenversicherung!*

Mein Handy vibrierte in der Hosentasche. Auch Max hatte nun die Nachricht gelesen, nachdem er seine morgendliche Laufrunde beendet hatte. Ich dachte noch einen Moment am Fenster über den Rhein, Herzinfarkte und Ärsche nach und ging dann rüber zu meinem Büro im vorderen Teils des Gebäudes. Dort saß Angi bereits an ihrem Schreibtisch, während Sebastian sich von vorne auf den Tisch stützte und ihr mit einer Hand etwas zeigte. Sylvia hielt sich an einer Kaffeetasse fest und schaute gedankenverloren in den Innenhof.

Kurz nach mir trat auch Max herein: »Guten Morgen, meine Lieben. Ich bin gespannt, was unser Chef zu berichten hat.«

»Chef ist jemand anderes«, warf ich ihm im Vorbeigehen zu.

»Och, Mäuschen. Mach dich doch nicht kleiner als du bist. Immerhin bist du Leiter der Ermittlungsgruppe Bumsdings!«

»Dieses Mal heißt sie Delta, Max. Gut, dass du das nicht ernst meinst.« Sylvia Gonzalez hatte selten Verständnis für unseren jüngsten Kollegen und seine Späße. Ich denke, sie versuchte krampfhaft die Fassade der straighten Ermittlerin aufrecht zu erhalten.

»Kommissar Zufall hat gestern Abend zugeschlagen und ich habe ein Kfz-Kennzeichen für euch!«. Ich berichtete über meinen Apothekenbesuch und dass

Tilly sind abends noch meldete. »Ein blauer Citroën Xantia. Kennzeichen *9805 VB 18*.«

Sebastian Herbst arbeitete stets ruhig und immer konzentriert. Manchmal für meinen Geschmack etwas zu bedächtig, aber im Zweifel konnte ich mich auf ihn verlassen. So auch dieses Mal. Ohne großartig zu überlegen sagte er: »Frankreich... Frankreich.«

»Wer kauft sonst schon einen Zitroääähn?«. Max lief zur normalen Tagesform auf.

»Davon abgesehen, lieber Herr Ritter der Kokosnuss, passt die Aufteilung des Kennzeichens zu den französischen Normen. Die letzten beiden Ziffern geben das Département an. Napoleon alleine weiß, wo das 18. Département liegt.« Von Zeit zu Zeit konnte man Sebastian auch wegen seinem rheinischen Humor gut gebrauchen. »Paris-Innenstadt hat 01. Danach fangen sie an durchzudrehen. Korsika hat 2A und 2B… Meine Schwägerin wohnt im Elsass, dort ist es die 67…«

Ich nickte anerkennend in seine Richtung. »Dann sind wir uns da schon einmal sicher. Bitte das Kennzeichen prüfen, Halterermittlung und so weiter! Und natürlich in die Fahndung mit aufnehmen! – Haben wir sonst noch neue Erkenntnisse, außer dass Max als einziger adelig ist – als Ritter der Kokosnuss?«

»Der Film ist so anstrengend!« Angi war auch noch da. »Nein, nichts, was uns weiterbringt. Wir tragen weiter die Aussagen der Nachbarn und Verwandten zusammen. Aber abgesehen davon, dass Leo ein kerngesundes, lebensfrohes Kind ist, nichts Neues. Alle verstehen nicht, warum er von zuhause abhauen sollte.«

»Okay. Wir machen mit den bisherigen und, dank dem Kennzeichen, neuen Ansätzen weiter. Ich bin gleich bei Oberbrinkhaus und hole ihn mit ins Boot. Vielleicht kann er ja doch für etwas Unterstützung von den Nerds sorgen.«

»Ich gucke mir das mal an«, sagte Max.

»Ähm, was, bitte?«

»Diese Foren und so. Ich setze mich da mal ran, wenn die IT-Fachkräfte mit dem Umprogrammieren der Telefone beschäftigt sind…« Max machte eine kurze Pause und wartete vergeblich auf Lacher oder zumindest Schmunzeln seines Publikums. »Diese Pädos sind doch vernetzt in Foren oder bei Telegram oder so. Ich versuche mich da mal rein zu beamen. Schaden kann es ja nicht.«

Ich hob den rechten Daumen. »Waidmansheil!«

»Ich bin jetzt auf der Jagd...«, flüsterte Max beim Verlassen des Büros und verschwand auf der anderen Flurseite.

Der Vormittag verging mit Routinearbeiten: Abstimmung mit dem KK 12, mit dem Verkehrsunfalldienst, mit der Wasserschutzpolizei, mit dem LKA. *Zum Mittagessen sollten wir uns im Bistro verabreden – Schnitzel geht immer.*

Das Telefon klingelte. Weg mit der Mittagskarte.

»Reinders.«

»Ja, Sebastian hier. Also, das 18. Département ist *Cher*. Geschrieben wie der... die... Sängerin. Es liegt in der Mitte des Landes in der Region *Centre-Val de Loire* und ist nach dem Fluss *Cher* benannt. Das Auto ist dort zugelassen auf eine *Nathalie Loiseau*. Sie hat das Fahrzeug bereits vor zwei Wochen als gestohlen gemeldet. Die *Gendamerie national* ist hocherfreut, dass das Auto wieder aufgetaucht ist. Anscheinend wurden auf dem Weg nach Deutschland Autobahnen vermieden, zumindest die mit Mautstationen. Sonst wäre das Kennzeichen längst durch die automatische Erkennung aufgefallen. Aber wenn man Zeit hat... Na ja. Madame Nathalie wird selber sicherlich nicht als Zauberkünstlerin durch NRW turnen.«

»Eher unwahrscheinlich«, stimmte ich zu. »Und wenn doch wäre 'Madame Nathalie' ein besserer Künstlername als dieser Monsieur... Arsch!«

»*Lâche*, Steffen. Das bedeutet in der Übersetzung übrigens Feigling.«

»Sebi, ich danke ich dir. Bis gleich erstmal!«

»Nein, nein, warte. Ich habe noch mehr. Sylvia hat herausgefunden, dass das Auto gestern am Flughafen gesehen wurde. Die Bundespolizei hatte sich noch lustig gemacht über den hinteren Stoßfänger, der mit Isolierband gehalten wurde. Aber du kennst ja das geschehen in Köln/Bonn. Und ein französisches Kennzeichen ist nicht gerade ungewöhnlich hier. Immerhin sind wir Bundesstadt.« In Sebastian Stimme klang Lokalstolz mit.

»Jetzt wird's interessant.«, sagte er. Ich hatte inzwischen den Lautsprecher eingeschaltet und Angi hörte von ihrem Platz aus zu.

»Seid ihr beide da?«, fragte Sylvia Gonzalez, die anscheinend ebenfalls die ganze Zeit mitgehört hatte.

Ich bestätigte kurz, aber klar: »Jo!«

»Sehr schön. Ich habe versucht herauszufinden, wer das Auto gefahren hat. Das konnte mir natürlich niemand sagen. Außerdem sei das Fahrzeug nach etwa 20 Minuten wieder weg gewesen. Ich bin dran an den Kameraaufzeichnungen des Flughafens, aber ohne Beschluss wird das wohl nichts. Die bestehen sehr auf ihre Compliance. Nun ja. Anhand der wagen Beschreibung aus der Apotheke konnte sich ein Kollege der BuPo an einen Typen mit Frauenbrille erinnern, wie er sagte.«

»So viele wird es davon ja nicht geben«, warf ich ein.

»Was? Wie? Ist ja auch egal.« Sylvia war nun in Fahrt. »Diese grüne Brille mit den runden Gläsern war wohl sehr kurios. Deswegen fiel dem Kollegen dieser Mann wohl auf in der Wartereihe am Check-in.«

»Wenn er jetzt noch wüsste, für welchen Flug der angestanden hat.«

»Steffen, wir sind doch nicht von den Baumwollfeldern hierher geflüchtet! Natürlich weiß er das noch und ich weiß es jetzt auch. Flug AF [AirFrance] 1711, der sollte planmäßig 15.45 Uhr gehen.«

»Sehr gut. Wohin?«

»Nach Paris.«

6

DIE PIPELINE WIRD GEÖFFNET

»Ich habe grünes Licht von der Staatsanwaltschaft. Herr Laubrock ist für den Fall zuständig. Der wiederum versteht sich hervorragend mit Richter Harms, dem Ermittlungsrichter. Und schon läuft das mit dem Beschlüssen.« Klaus Oberbrinkhaus, unser Dienstgruppenleiter, schien auf einen Orden zu warten.

»Astrein. So machen sich die Kontakte bezahlt.«

»Noch, Herr Reinders, noch. Die Generation, die den kleinen Dienstweg kennt, ist nicht mehr lange am Start. Wie man heute wohl sagt. Und dann können Sie solche 'Formalitäten' nur noch auf dem offiziellen Weg klären. Das frisst Zeit.«

Wir beiden schwiegen einen Moment und schauten aus dem Fenster zum großen Kreisverkehr, in den der Landgrabenweg mündete.

»Ich sage meinen Leuten Bescheid und halte Sie auf dem Laufenden. Bleiben Sie in Kontakt mit Herrn Laubrock?«

»Sicher.«

Wunderbar. Das letzte, was ich gebrauchen konnte, wäre ein nerviger Staatsanwalt gewesen. Am besten einer von der Sorte, der mehrmals am Tag anruft oder regelmäßig E-Mails schreibt mit dem Betreff »Sache: XY. Bitte Ermittlungsstand mitteilen!«

Zurück in meinem Büro überbrachte ich meinem Team die frohe Botschaft. Sylvia und Sebastian machten sich sofort daran, die Überwachungsaufnahmen des Flughafens sowie die Passagierliste der AirFrance zu beschaffen. Angi hielt Kontakt zum LKA, das im Austausch mit den französischen Kollegen stand, die eigentlich nur ihren vermissten *Xantia* wiederhaben wollten.

Für Max schien sich nun Tür und Tor zu öffnen: »Ich habe mit Daniel aus der Pornosuchstelle gesprochen. Ich bekomme Bilder von ihm, dann kaufe ich mich ein.«

»Okay…«, sagte ich und konnte in dem Moment nicht ganz folgen.

»In diese Foren und Chats und so weiter kommt man nur rein, wenn man etwas beisteuert. Am besten Bilder von Genitalien oder so'n Scheiß. Von mir konnte ich ja schlecht ein Foto nehmen – ich hab' keinen Kurzen!«

Angi verdrehte die Augen.

»Sehr gut«, sagte ich. »Dann brauchen wir erstmal keine Unterstützung von den Nerds.«

»Kann ich dir nicht versprechen. Aber ich bleibe jetzt dran und gucke wie weit mich das bringt. Ich hoffe immer noch, dass dieser Zauberer sich auf solchen Plattformen austauscht oder so.«

»Das wäre gut möglich. Meist gibt das solchen Typen noch zusätzlichen Thrill«, stimmte Angi zu. »Übrigens Nerds: Die Ebay-Kleinanzeige ließ sich nicht weiter zurückverfolgen. Die E-Mailadresse war so eine Wegwerfadresse à la leckmichamarsch@gmx.de und die IP-Adresse führte uns im Kreis herum.«

Ich seufzte: »Toll, der hat nicht nur Zaubertricks drauf. Der kennt sich auch noch verdammt gut mit solchen Sachen aus.«

»Nicht unbedingt«, antwortete Angi. »Für Geld findest du genug Hacker, die Spaß an so was haben. Digitale Spuren verwischen, Sicherheitssysteme umgehen und so weiter. Denen ist es ziemlich egal wer oder was dahinter steht. Die suchen die Herausforderung und ein paar Euro machen das Ganze zusätzlich interessant. Ich vermute, unser *Mr. Magic* hatte Hilfe.«

Berichte schreiben war noch nie ein Highlight für mich gewesen, aber es gehörte einfach dazu. Also verging die nächste Zeit mit dem Verfassen von Vernehmungsprotokollen, Gesprächsnotizen und Aktenvermerken, damit Herr Laubrock bei der Staatsanwaltschaft alles nachvollziehen konnte und gerichtssicher dokumentiert vorliegen hatte. An das Mittagessen, das ich mir irgendwann mal als Schnitzel mit Zubehör ausgemalt hatte, dachte ich schon wieder nicht. Tja, Klara hatte Recht, wenn sie sagte, ich solle ausgewogener und vor allem regelmäßiger essen.

Max stand in der Tür und winkte uns zu sich. Angi und ich gingen über den Flur in sein Büro, wo am Whiteboard neben seinem Gekrakel Bilder von seiner Frau und den beiden Kindern hingen.

»Jetzt pass up, Jupp!«, begann Max mit Blick auf den Monitor. »Das ist ein Forum, getarnt als Börse für Kochrezepte. Der Server steht in Russland soweit ich weiß. Wie auch immer, ich bin drin.« Er nickte selbstzufrieden. »Die Pipeline wird geöffnet.«

»Ich könnte dich knutschen!«, sagte ich, während ich Max auf die Schulter klopfte.

»Jetzt nicht ablenken, Schnucki.« Max grinste breit über beide Backen. Sein Gesichtsausdruck wurde direkt wieder ernst, als er zum Thema zurückkam: »Ziemlich kranker Scheiß, der hier abgeht. Da musste ich erstmal die richtige Kategorie finden, aber anscheinend bin ich nun richtig. Das meiste sind wohl irgendwelche alleinstehenden Typen, die sich beim Chatten selbst befriedigen oder heiß darauf sind, Bilder zu tauschen. Es gibt allerdings noch so ein Unterforum: *Tipps für Lieferservice.*«

»Ach du Scheiße. Du meinst…?«

»Ja, das sieht so aus. Hier kannst du dich mit anderen Nutzern austauschen, wie du dir das Kind am besten 'liefern' lässt oder abholst. Ich habe das dem Tewes und seinen Leuten alles schon rüber gegeben. Der wird bald noch mehr Personal brauchen. Egal. Ein Username ist mir sofort ins Auge gefallen und den versuche ich verzweifelt zu kontaktieren!«

»Wie heißt der denn?«

»Er nennt sich *Der Zauberstab*. Gruselig, oder? So nach dem Motto: Komm' her Kleine, hab keine Angst, ich zeig' dir meinen Zauberstab. Zum Kotzen.« Max verzog das Gesicht.

»Allerdings. Aber du scheinst da richtig zu sein. Bleib dran, auch wenn es dich zum Kotzen bringt!«

Max zuckte mit den Schultern. »…stört hier auch keinen.« Dann tauchte er wieder ab in die Parallelwelt.

Auf dem Rückweg von der Toilette und zumindest mit einer Tasse Tee als Mittagessenersatz ausgestattet, winkte mich Sebastian zu sich herein.

»Wir haben was! Zwar mit FFP2-Maske, aber immerhin.«

Ich sprang gedanklich wieder in die andere Richtung des Tages. »Vom Flughafen? Die Aufnahmen?«

»Jawohl.« Sebastian atmete tief durch. »Dank des Beschlusses konnte sich die Verwaltung doch zu einer Zusammenarbeit überreden lassen. AirFrance braucht noch etwas, aber Sylvia macht da Druck.«

»Gut, das kann sie ja!« Ich gab mir Mühe nicht zu laut zu sprechen, um annospanische Flüche wegen meines Kommentars zu vermeiden.

Sebastian klickte mit seiner Maus herum und suchte die richtige Stelle. »Ah, da haben wir's. Es ist der groß wirkende Mann mit dem schwarzen Mantel. Er dreht sich gleich etwas um, dann sieht man die grüne Brille.« Das Video zeigte die Warteschlange am Check-in-Schalter des Flughafens Köln/Bonn.

Die Reisenden waren von hinten zu sehen, ihre Gesichter schauten Richtung Schalter. Es dauerte ein paar Minuten und die Warteschlange rückte immer wieder ein Stück nach vorne, wenn ein Passagier sein Gepäck aufgegeben und seine Bordkarte erhalten hatte.

»Hier!« Sebastian hielt das Video an. Durch die Maske konnte man nicht viel vom Gesicht sehen. Das was man sehen konnte, entsprach ziemlich genau Tillys Beschreibung aus der Apotheke. Eine Art Otto-Schily-Frisur, ein langes, kantiges Gesicht, eine hohe Stirn und die grüne Brille mit den runden Gläsern.

»Was hat er denn da unter dem Mantel? Ist das ein Schal, den er so locker umgelegt hat?«

»Hmm, Moment.« Sebastian versuchte in das Video hinein zu zoomen oder mit Vor- und Zurücklauf unsere Perspektive zu ändern.

Angi stand plötzlich hinter mir und blickte an meiner Schulter vorbei auf den Bildschirm. »Das ist ein römischer Kragen«, sagte sie. »Ein Mann der Kirche.«

7

ZALTBOMMEL

In dieser Nacht hatten wir alle kaum geschlafen und kamen fast zeitgleich zombieähnlich auf dem Flur an. Das Telefon auf meinem Schreibtisch klingelte bereits zu dieser recht frühen Stunde in seiner hellen Melodie. Für Angi zu hell.

»Gehst du bitte ran? Ich könnte das Ding vom Tisch fegen!« Sie gähnte und nippte an ihrem Kaffee.

Das Telefonat dauerte nicht sonderlich lange. Ein paar Minuten und war eher ein Monolog der Gegenseite. Mein Gesichtsausdruck wurde von meiner Kollegin wieder einmal richtig interpretiert.

»Scheiße.« Angi stellte ihre Kaffeetasse ab. »Ich hole die anderen dazu.«

Kurze Zeit später war unsere kleine Ermittlungs-gruppe in unserem Büro versammelt.

Ich begann ohne Umschweife von dem Telefon-gespräch zu berichten: »Die niederländische Polizei hat gestern Abend noch dem LKA einen Leichenfund gemeldet. Es handelt sich nach der ersten Meldung um eine männliche Person, etwa zwölf bis vierzehn Jahre alt.

Das Kind wurde leichtbekleidet am Ufer der Waal gefunden. In *Zaltbommel*, an der *Martinus-Nijhoff-Brücke*. Laut dem Spaziergänger hatte dieser den Körper am Fuße der Brücke in der Strömung treiben sehen. Zwischen der neuen Schrägseilbrücke und der alten Eisenbahnbogenbrücke. Es gibt da wohl mehrere Pfeiler, die zusätzlich mit Steinaufschüttungen befestigt sind. Die Person trieb vor diese Aufschüttungen.«

Max haute mit der Faust gegen die geschlossene Bürotür: »Verfluchter Mist!«

»Zuständig ist die Polizei der Provinz *Gelderland*. Aber wahrscheinlich werden die Einheiten aus *'s-Hertogenbosch* oder *Nijmegen* übernehmen. Eine Rechtsmedizin, geschweige denn ein Kommissariat für

Tötungsdelikte hat *Zaltbommel* nicht. Das ist soweit alles, was ich vom LKA mitgeteilt bekam.«

Es folgte ein Moment des Schweigens.

»Es war zu befürchten«, unterbrach Sylvia Gonzalez schließlich die Stille. »Da es sich nun um einen Tötungsdelikt handelt, womöglich einen Sexualdelikt, sind wir raus. – Ich werde mich dann wieder der Sache 'Schleißinger' widmen. Das habe ich den Anderen ja spontan auf's Auge gedrückt am Montag.«

»Sylvia, warte noch einen Moment! Ich möchte mit Herrn Oberbrinkhaus sprechen, inwieweit hier weitermachen können«, sagte ich ruhig.

»Und *dürfen*! Das war doch alles Ausnahme und was hat es gebracht? Nichts! Nichts, Steffen!« Angi war sichtlich mitgenommen von der Nachricht.

Obwohl solche Ereignisse, gerade in Vermisstensachen, irgendwann dazugehören, wurden sie dennoch nicht Routine. Jeder Fall war anders gelagert, es gab andere Ansätze und andere Ergebnisse. *Zum Glück*, dachte ich. *Wir sind noch nicht komplett abgestumpft.*

Als könnte er meine Gedanken lesen, schaltete sich Max ein: »Routine wird das hier nie, Leute. Das wissen wir alle. Und wir alle werden auch immer die Welt mit diesem Ermittlerblick sehen. Ich bin neulich am Wochenende die Sternstraße entlang gegangen. Als ich vor mit den älteren Herrn mit der Kleinen sah, fing es an zu rattern im Kopf: Wo hat der Mann seine Hände? Wie fasst er das Kind an? – Erschreckend. Ich hatte doch Wochenende!«

»Da hast du wohl Recht«, stimmte ich ihm zu. »Irgendwie ist das ein Teil von uns geworden. Aber trotzdem nicht alltäglich. Also nicht... ähm...« Ich vergaß, was ich sagen wollte.

»Schon gut, Steffen. Wir verstehen uns.« Sebastian Herbst nickte. »Das war ein sehr bescheidener Tagesbeginn.«

Wir einigten uns darauf, dass alle zunächst mit dem Rest der Abteilung sprachen, während ich die Audienz beim Dienstgruppenleiter suchte. Oberbrinkhaus, der in seinen vielen Dienstjahren schon etliche Vermisstenangelegenheiten als 'Person tot' oder 'Person unauffindbar' abgeschlossen hatte, zeigte sich sehr verständnisvoll.

»Tja…« Er blickte mir fest in die Augen, als ich auf dem Besucherstuhl ihm gegenüber an seinem Tisch Platz genommen hatte. »Die Umstände sind immer die Herausforderung. Ich hatte mal den Fall einer lieben alten Dame, weit über 80. Dement. Sie wurde vom Pflegeheim als vermisst gemeldet und schließlich fanden wir sie am Rande einer Baugrube. An dieser Stelle stand ihre ehemalige Grundschule. Den Weg zur Schule hatte sie nicht mehr geschafft.«

»Hmm.«

»Was ich damit sagen wollte: Der Tod dieser Frau war absurd, was die äußeren Umstände betraf. Keine Frage. Aber in diesem Alter rechnet man damit, auch die Angehörigen. Bei einem Zwölfjährigen geht man weniger davon aus. Und das ist die Scheiße. Das sind die Umstände, die ich meine. Da muss man irgendwie mit klarkommen. Ich meiner Anfangszeit hatte ich meinen Kumpel Whiskey.«

»Das ist aber auch nicht die beste Lösung.«

»Nein, natürlich nicht! Fangen Sie das gar nicht erst an!« Er hob drohend den Zeigefinger.

Ich schüttelte lässig den Kopf, wie ein Pferd, das seinen Unterkiefer hängen lässt. »Nö, nö. Wir sprechen nachher noch einmal im Team darüber. Und darüber hinaus werden Sie uns im Zweifel auch immer beraten.«

»Ach, Herr Reinders. Ich bin ein alter Mann.« Klaus Oberbrinkhaus setzte eine entschuldigende Mimik auf. »Ich werde euch noch kurz beraten.«

»Ein paar Jahre haben Sie noch. So einfach kommen Sie uns nicht davon! Und dann sehen wir weiter.«

»Sehr gut. Ach so, ja. Stichwort Weitersehen. Ich kläre das ab, dass ihr an diesem Magier dran bleiben könnt, soweit möglich. Ich kann es nicht versprechen, aber ich würde mir sehr wünschen, dass ihr diesen Typen auftreibt. *Er* gilt jetzt als vermisst – falls jemand fragt.«

Der Vorteil eines Vorgesetzten, der seit gefühlten 42 Jahren im Amt ist, ist sein persönliches Netzwerk. Hier bekommt man schnell einen richterlichen Beschluss, manchmal auch von vor zehn Tagen. Dort wird mit der höheren Ebene das Kompetenzgerangel umgangen und ein Verdächtiger zum Vermissten. Ich musste an die

Zeit nach Oberbrinkhaus denken und wie dieses Netzwerk gemeinsam mit ihm in den Ruhestand gehen würde.

Er deutete auf seinen Monitor. »Ich leite Ihnen gleich die E-Mail vom LKA weiter, mit den Informationen der Holländer. Der Abgleich mit den Bildern von Leo Sonntag läuft ja noch, aber ich erachte die Tatsache als Realität.« Oberbrinkhaus machte eine Pause.

»Wenn die Bestätigung da ist«, fuhr er fort, »werde ich die Eltern informieren. Ich kann mir nicht vorstellen, dass Frau Martin und Sie großen Wert darauf legen, das selber zu übernehmen.«

»Ehrlich gesagt nicht.« Ich stand auf. Das Gespräch schien für mich beendet.

Kurz vor der Bürotür drehte ich mich noch einmal um: »Ich spreche jetzt mit meinen Leuten. Wenn ich nichts weiter höre, machen wir so weiter. Mit der Ermittlungsgruppe.«

Oberbrinkhaus blickte von seinem Schreibtisch auf. »Ja, sicher. Nichts wie los.«

»Haben Sie vielen Dank. Für alles.«, sagte ich, die Türklinge bereits in der Hand.

»Steffen! Lassen Sie diesen Zauberer nicht wieder verschwinden!«

8

FSK 18

Ich informierte mein Team über den aktuellen Stand der Dinge und die Zusage von Klaus Oberbrinkhaus, dass wir uns weiter in dieser Konstellation der Sache widmen würden. Sylvia kam verspätet zur Tür herein und schloss sie direkt wieder hinter sich.

»Sorry, bin zu spät«, sagte sie. »Aber… ich hab was. Die Franzosen sind endlich aufgewacht.«

»Bonjour, la france!«, rief Max und fing an die *Marseillaise* zu summen.

»Wä?« Sylvia war für einen Moment aus dem Konzept gebracht. Allerdings nur kurz; sie fuhr fort: »Ich habe die Rückmeldung von AirFrance. Endlich. Soweit wir nun wissen, ist dieser Mann nicht abgeflogen. Das deckt ja auch mit einer anderen Aussage, dass das Auto nicht allzu lange am Flughafen stand. Das Problem ist natürlich jetzt, dass wir immer noch nicht wissen, wer er ist. Er kann unter falschem Namen gebucht haben und brauchte sich am Check-in nicht ausweisen. Anscheinend wurde ihm die Sache doch zu heiß.«

Angi stütze ihr Kinn in ihre rechte Hand und nickte. »Gut möglich. Aber er hatte vor nach Frankreich zu gelangen. Zurück nach… Wie heißt das Kaff, wo das Auto gestohlen wurde?«

»*Le Croisic*«, warf ich ein. »Nicht?«

»Tja, danke für's Mitspielen. Gesucht wurde das *Département Cher*.« Sebastian neigte seinen Kopf zur Seite und hob die Augenbrauen. »Und der Ort heißt *Chassy*. Das liegt in der Nähe von *Gueugnon*.« Er schaute fragend in die Runde. »*Moulins*? *Montceau-les-Mines*? – Ach herrje, das liegt in Frankreich. Glaubt mir einfach.«

Max Ritter stimmte im Hintergrund erneut die *Marseillaise* an.

»Okay, dann ist er anscheinend wieder mit dem Auto unterwegs. Oder hat *Chassy* einen Bahnhof oder so was?«, fragte ich, in erster Linie an Sebastian gerichtet.

»Soweit ich weiß nicht. Also liegt der Gedanke mit dem Auto nahe. Oder ist er hier geblieben und abgetaucht.«

»Dann kümmern wir uns jetzt um die Fahndung nach dem Auto. Bitte übernehmt ihr das, Sylvia und Sebastian! Angi, kannst du noch einmal über das LKA nachfragen, ob die Franzosen nur das Auto wieder haben wollen oder nun doch beizutragen haben?«

»Ja, sicher. Ich zapfe da mal meinen Kontakt an.« Angi setzte sich wieder an ihren Schreibtisch.

»Max, bist du noch in dieser 'Rezeptwelt' unterwegs?«

»Allerdings. Boah, da laufen Sachen. Leute! Wenn da mal jemand ein Buch drüber schreibt, wäre das aber *FSK 18*!«

»Ich sag Dominik Kriege Bescheid«, sagte Angi gleichgültig.

»Was?«

»Ach, nichts.«

»Wie auch immer.« Max machte einen Schritt nach vorne, als ob er eine Bühne betreten würde. »Ihr könnt euch nicht vorstellen, was da abgeht. Ich will gar nicht zu sehr ins Detail gehen. Aber wenn ich euch sage, dass manche Typen darauf stehen, kleine Jungs oral zu befriedigen, wisst ihr, was ich meine. Und da geht noch einiges mehr. Inwieweit das nur Geschreibe ist, schwer zu sagen. Sicherheitshalber gebe ich alles rüber zu den Nerds, um das zu dokumentieren und so weiter.«

»Hat sich denn der *Zauberstab* mal gerührt?«, fragte ich.

»Ich hatte noch nicht wirklich mit ihm Kontakt. Aber ein paar andere Nutzer kennen ihn wohl. Oder zumindest das, was ihm – na ja, sagen wir mal – gefällt. Sorry, Leute, aber die Vorstellung, dass er dabei nur seinen Zylinder und einen Zauberumhang trägt... Scheiße, da konnte ich fast nicht ernst bleiben.«

Sebastian schüttelte sich: »Ähm, ja. Das trifft wahrscheinlich nicht unbedingt den Massengeschmack.«

»Das sag ich dir.« Max musste sich sichtlich zusammenreißen, um nicht in Lachen auszubrechen. »Wenn das Kind dann sein Glied streichelt, damit er eine Erektion bekommt, unterstützt er das mit 'Abrakadabra'. So was kannste nicht erfinden.«

»Max, keine weiteren Details, bitte!«, sagte ich. »Der Typ kann einem fast leidtun. Fast.«

Angi schaute in unsere Richtung. »Was für ein armseliges Würstchen!«

In den nächsten Stunden ging jeder von uns seinen Aufgaben nach. Sylvia und Sebastian kümmerten sich weiter um Meldungen, ob das Auto irgendwo gesichtet wurde. Angi hielt Kontakt zu ihrem Bekannten im LKA, der gute Verbindungen nach Frankreich hatte. Ich kümmerte mich weiter um die Berichte und studierte die E-Mail aus den Niederlanden, die jedoch keine nennenswerten Informationen enthielten. Die Leiche sei in die Rechtsmedizin nach *Nijmegen* gebracht worden. Die Identität von Leo Sonntag gelte inzwischen als bestätigt.

Mein Magen grummelte und ich fragte Angi, ob sie mit runter gehen würde ins 'Dahlienfeld'. Sie lehnte dankend ab und griff schon wieder zum Telefonhörer.

Ich entschied mich trotzdem für eine kleine Auszeit und ergatterte im Bistro noch ein Schinken-Käse-Croissant und einen Schokodonut. Beide hatten den Vormittag und die Mittagszeit überstanden, aber waren nun am Ende ihrer persönlichen Nahrungskette angekommen.

Ich blickte durch die deckenhohen Fenster nach draußen. Der Sommer schien sich nun endgültig zu verabschieden und ich dachte an die bevorstehenden, nassen Herbstmorgen. Vor meinem geistigen Auge sah ich das altbekannte Spiel: Ich draußen vor der Tür mit Regenschirm, Floyd noch im Haus ohne Regenschirm. Mit aller Gewalt würde er sich wieder dagegen stemmen, hinaus in den Regen gezerrt zu werden. *Same procedere as every year.*

Als ich Richtung Büro zurückschlich, reckte Max den Kopf aus seinem Büro.

»Hey, du!«

»Nein, danke, Max. Ich möchte kein B kaufen.«, sagte ich, in Anspielung auf die Sesamstraße.

»Ich habe hier noch was anderes.« Max war an seinen Platz zurück gerollt und zeigte auf einen seiner Bildschirme.

»Wenn's geht bitte keine Zauberformeln mehr, die alten Männern helfen, einen hoch zu bekommen.«

Max grinste. »Nicht? – Das ist auch eher unser Einzelfall. Aber… ich habe was viel, viel besseres für uns!«

»Okay, jetzt bin ich gespannt.«

»Er hat zwar noch nicht direkt mit mir geschrieben. Aber er ist online: *Der Zauberstab.*«

9

Avenue Montaigne

Ich ließ mich in den Schreibtischstuhl fallen und schaute kommentarlos zu Angi hinüber. Sie klickte sich konzentriert durch E-Mails und Faxe, die ihr digital übermittelt wurden. Ich spielte mit dem Gedanken, den Tag Tag sein zu lassen und nach Hause zu fahren.

»Wenn du noch einen Moment hast«, begann Angi. »Ich würde gerne mit dir und den anderen noch etwas besprechen.« Ihre Stimme ließ keinen Zweifel zu, dass es sich mehr um eine Anordnung als eine Bitte handelte.

»Bleiben wir hier oder gehen wir nach ‘Amsterdam‘, wenn er frei ist?«

»Den Raum habe ich gerade gebucht. Ich brauche nur noch einen Moment. Du kannst gerne schon vorgehen.« Ich tat, wie mir geraten wurde und setzte mich mit der Handakte und meinem Notizbuch schon mal an den lichtgrauen Tisch im Besprechungsraum. *Im Winter ist es um diese Uhrzeit schon wieder dunkel.* Diese Vorstellung stimmte mich nicht sonderlich fröhlich.

Sylvia und Sebastian kamen als Doppelpack hinzu und Max setzte sich wortlos neben mich. Er sah erschöpft aus – wahrscheinlich wie wir alle.

Ein paar Minuten später betrat Angi den Raum, unter dem Arm einen Stapel Ausdrucke und schloss die Tür hinter sich. Sie setzte sich auf den freien Platz am Kopfende des Tisches.

»Wie Sylvia heute Morgen so schön formulierte: ‚Die Franzosen sind aufgewacht.‘« Sie legte die Papiere vor sich auf den Tisch und schien sie in eine andere Reihenfolge zu bringen. »Ich habe mich mit Herrn Kuhnt im LKA ausgetauscht. Wir kennen uns von… ähm… früher.«

»So, so. Ihr kennt euch.«, feigste Max mit einer zweideutigen Anspielung.

»Das ist jetzt nicht relevant. Jedenfalls konnte mir Pascal…«

»Siehste! Jetzt nennt sie ihn schon Pascal!«, quäkte Max dazwischen, worauf er sich meinerseits ein »*Pssst*!« einfing.

»Sorry. Ich bin schon zu lange hier«, entschuldige sich Max und gab Angi zu verstehen, weiterzumachen.

»Pascal konnte mir Auskunft geben zum Stand der Dinge in Frankreich. Tatsächlich ist es so, dass die Franzosen nach dem Leichenfund an der Waal und unseren Informationen nun mitspielen. Der ʿDorfsherifʿ der *Gendamerie Nationale* in *Gueugnon* erwachte anscheinend zu neuem Leben, als Paris ihn anrief. Dann kam er in Fahrt und stellte in Chassy und Umgebung wohl alles auf den Kopf. Außer ein paar ausgebüxten Rindern oder dem Diebstahl einer Flasche *Cidre* scheint da sonst nicht viel los zu sein. Also hielt er sich wohl für den nächsten französischen *Columbo* und dann ging's los.

Er ließ erstmal diese Natalie antreten, deren Auto abhandengekommen ist. Dass das Auto nun nicht mehr da ist und sie nichts weiter weiß, sah er irgendwann auch ein. Also stürzte er sich aufgrund unserer Beschreibung auf die Bevölkerung und die Kirche. Die *Église Saint-Pierre-ès-Liens* führte ihn schließlich zum Ziel. *Chassy* ist ein Dorf, die Leute tratschen. Und dass es seit einigen Wochen in der Kirche keine Gottesdienste mehr gab – ohne irgendeine Information – war den Leuten ohnehin sauer aufgestoßen. Und siehe da: Der Pfarrer ist abgehauen. Er ist einfach weg.«

»Und dieser Kollege meint, dass der Pfarrer…?«, ich begann laut nachzudenken.

»Steffen, es kommt noch besser.« Angi nahm einen Schluck Wasser aus ihrer Flasche und stellte diese wieder auf den Boden neben dem Tischbein.

»Dieser 'Dorfsherif', keine Ahnung wie der heißt, fing an im übertragenen Sinne alle Steine an der Kirche umzudrehen. Das gipfelte darin, dass er die *Compagnies Républicaines de Sécurité*, die *CRS*, dazu holte. Das könnt ihr vergleichen mit einem SEK bei uns oder mit einer Einheit der Bereitschaftspolizei, die nur darauf wartet, dass es endlich abgeht. Ich sag mal so: Die Jungs von der *CRS* machten kurzen Prozess.

Das Pfarrhaus in der *Avenue Montaigne* wurde durchsucht – auf die französische Art. Da gibt es keinen Beschluss oder so. Die haben die Tür aufgemacht und sind da durch. Im Arbeitszimmer unseres lieben Pfarrers befanden sich Unterlagen für ein 'Internat des garçons'. Handschriftliche Aufzeichnungen, getippte Seiten mit Tagesabläufen, Regeln und Bestrafungen und so'n Scheiß. Das Ganze wird nun von Paris aus übernommen. Er hatte anscheinend große Pläne, mehrere Jungen zu sich zu holen.«

»Gut, dass er sie nicht umsetzen konnte. Bisher.«, sagte Sylvia, die recht bedrückt wirkte.

»Ja«, pflichtete Sebastian ihr bei. »Vielleicht war das mit Leo so eine Art Testlauf. Ich meine, kann ja sein, dass er ihn mit nach Frankreich nehmen wollte, wenn alles gut gegangen wäre. Als einen der ersten… hm… Internatsschüler. Abartig.«

»Abartig trifft es nur ansatzweise«, sagte ich und brachte direkt die nächste Frage auf den Tisch, die uns allen unter den Nägeln brannte: »Wer ist der Typ?«

Angi räusperte sich. »Ja, das ist ein bisschen schwierig. Die Kirche ist nicht sonderlich kooperativ, zumal die *CRS* und die *Gendarmerie Nationale* nicht gerade höflich angefragt haben. Gemeldet war er unter der Adresse in *Chassy* als 'Jaques Dupont'.

Dieser Name fand sich auch auf der Buchungsliste, die Sylvia von der AirFrance bekommen hat. Aber ich gehe nicht davon aus, dass er so heißt. Am Flughafen hätte er sich ausweisen müssen. Es sei denn, er besitzt auch einen gefälschten Ausweis oder Reisepass.«

»Möglich ist alles.« Max verschränkte die Arme vor der Brust. »In Thailand kriegste auf dem Markt für 20 Euro 'ne BahnCard 100. Europäische Führerscheine oder Ausweise dauern etwas länger. Frag mal im KK 13, was die alles zu sehen bekommen! Wenn dieser 'Dupont' da Kontakte hatte nach Fernost, kein Problem. Anscheinend hatte er ja auch Hilfe bei seiner IT.«

»Aber zumindest haben die von der *CRS* die Papiere, die dort waren sichergestellt, oder?«, fragte ich nach.

»Wurde alles sichergestellt. Wie gesagt, jetzt ist Paris am Drücker.«, antwortete Angi.

»Dann müssen wir abwarten, was dabei herauskommt. Wenn Herr Kuhnt dich weiter auf dem Laufenden halt.«

Angi nickte. »Wenn er weiterhin kann.«

»Gut soweit. Max, was ist mit deinem Onlinekontakt zu ihm?«, stellte ich die nächste Frage in den Raum.

»Ich habe ihn angeschrieben. Aber noch keine Antwort. Ich denke, ich muss erst etwas Vertrauen in ihm wecken. Er scheint nicht ganz blöd zu sein. Ich taste mich langsam weiter vor.«

»Gut, mach das. Okay, Leute. Ich denke, für heute versuchen wir einen Schluss zu finden. Oder habt ihr noch was, das alle betrifft für den Moment?«

Keiner antwortete und Sebastian schüttelte leicht den Kopf.

»Dann bleibt nicht mehr zu lange heute! Wir sehen uns morgen früh.«

Gemeinsam mit Angi ging ich zurück zum Büro. Ich fuhr meinen PC herunter und fragte, ob ich das Rollo wieder hochziehen solle. Die tieferstehende Sonne fing am Nachmittag an, mich zu blenden.

»Ja, gerne. Lass noch etwas Tageslicht herein. Die dunkle Jahreszeit kommt früh genug von alleine wieder.« Angi war bereits wieder mit E-Mails beschäftigt.

»Alles klar. Dann bis morgen!«

»Bis morgen, Steffen. Tschüss!«

Der Feierabendverkehr war noch nicht wirklich abgeflaut und ich entschied mich, trotzdem die A 565 bis *Hardtberg* zu nehmen. Stau hin, Stau her. Durch die Stadt bis nach Hause zum Büser Berg würde es noch einmal deutlich länger dauern.

Karla war noch nicht zurück und ich hatte das Bedürfnis, den Kopf frei zu bekommen. Ich lud Floyd hinten in den Kofferraum unseres Kombis und ärgerte mich ein bisschen über die Idee, mit ihm am Rhein entlang gehen zu wollen. Das bedeutete quasi den Weg wieder zurück bis zum Römerbad, wo ich am Rheinufer parken wollte.

Floyd genoss die Aussicht und ich bog soeben erneut auf die A 565 ein. Mein Handy klingelte und ich erkannte die Nummer vom Präsidium.

»Reinders.«

»Angi hier. Hallo.«

»Oh, habe ich was vergessen? Ich bin gerade noch einmal los und wollte mit Floyd an den Rhein. Wir müssen beide etwas raus.«

»Floyd kann gerne mitkommen. Wir brauchen dich hier.«

Ich trat automatisch auf das Gaspedal, wodurch Floyd auf seinem Panoramaplatz kurzzeitig ins Wanken geriet. »Wieso? Was ist passiert?«

»Der Mann, den wir suchen, heißt *Erich Kriegler*.«

10

Nordwind

Eines musste ich Floyd lassen: er war von Grund auf aufgeschlossen und gutmütig. Wäre jemand bei uns eingebrochen, hätte er sich wahrscheinlich als Geschenk verpackt und wäre dem Einbrecher zum Dank gefolgt. Zumindest machte er im Präsidium keine Anstalten, sich unwohl zu fühlen.

»Flooooyyyyd!!«, hörte ich von der anderen Flurseite und etwas Schwarzes sauste aus der Nähe meines Schreibtisches zu Max herüber. Ich vermutete, dass es sich um unseren Hund handelte. Doch es ging alles so wahnsinnig schnell…

»Woher kommen denn jetzt noch diese neuen Erkenntnisse?«, fragte ich Angi. Ich richtete mich erneut an meinem Platz ein, nachdem ich vor etwas über einer Stunde bereits Feierabend gemacht hatte.

»Pascal hat die Ermittler in Paris angezapft. Bei der Durchsuchung durch die *CRS* sind tatsächlich Dokumente aufgetaucht, die unser Herr Kriegler hätte besser auch verschwinden lassen.«

Ich blicke erwartungsvoll zu Angi hinüber, sagte jedoch nichts.

»Er hat seinen Reisepass liegen lassen. Vermutlich ist er mehr oder weniger überstürzt aus *Chassy*…«

»Geflohen?«, unterbrach ich sie.

»Oder so. Ja. Ich vermute die Sache mit dem Auto machte ihm zu schaffen. Wie Sebastian schon sagte, das ist ein Kaff – die Leute reden. Das muss nur *einer* gesehen haben, dass er in dem Wagen saß…«

»…und schon wissen es alle.« Ich beendete Angis Satz.

»Genau. Irgendwann kann er uns ja mal erzählen, ob er vorhatte noch dorthin zurück zu kehren. Das ist im Moment, denke ich, aber nicht wirklich wichtig.«

»Nein, ich denke nicht.«

Ich beobachtete wie Floyd mampfend und zufrieden zu meinem Schreibtisch zurück trottete. Es gab also bei Max etwas Essbares zu holen. Um nichts zu verpassen, legte sich Floyd halb unter den Tisch, halb daneben, wobei er mit dem Hinterteil den Papierkorb zu Recht rückte. Dann genoss er mit halb geöffneten Augen das Treiben um ihn herum.

»Was haben die Franzosen denn sonst noch herausgefunden?«

Angi klickte sich durch ein paar E-Mails. Dabei las sie unhörbar leise, aber mit sich bewegenden Lippen mit.

»Ah hier«, sagte sie schließlich. »Sie haben das Bild aus dem Reisepass an *Interpol* weitergeleitet und suchen ihn an Flughäfen und Bahnhöfen. Ansonsten…«, sie klickte anscheinend noch ein oder zwei E-Mails weiter.

»Wie gesagt, er heißt Erich Kriegler. Geboren 1957 in Ostdeutschland. 1974 über Helfer in West-Berlin in die Bundesrepublik gekommen. Er studierte später Theologie in Trier und verbrachte mehrere Auslandssemester in Toulouse. Dann...« Angi machte eine Pause.

»Die Aufzeichnungen sind etwas lückenhaft. Aber ab 1992 war er in Priester in der *Église Saint-Étienne* in *Nevers*. Er bat um Versetzung in eine kleinere Gemeinde, weil ihm der Kontakt zu den Gläubigen fehlte. 1996 bekam er die Stelle als Pfarrer in *Chassy*.«

»Okay, das ist schon mal eine Menge.«

»Warte, Steffen. Es geht noch weiter.« Angi gab mir zu verstehen, weiter zu zuhören. »Anscheinend ist es möglich in der katholischen Kirche so eine Art 'Vertretung' zu übernehmen im Ausland.«

»Das heißt?«

»Seit 2012 war er, sozusagen als Urlaubsvertretung, immer wieder in Deutschland in einer Pfarrei tätig. In der Regel in den Sommermonaten.«

Angi hatte jetzt meine Aufmerksamkeit. »Weißt du wo er zugange war?« Ich benutzte die Formulierung bewusst.

»Gemeinde St. Nikolaus, Bonn.«

Ich atmete tief durch. »Herrje.«

Angi nickte mir langsam, aber stetig zu. »Da wird er irgendwann das Interesse für das Zaubern entdeckt haben, um Kontakte zu bekommen.«

»Ich bin ganz bei dir. In den Sommermonaten ist er hier der beliebte Aushilfspriester, der extra aus Frankreich anreist. Nebenbei 'verzaubert' er ein paar Kinder und bevor diese sich ihren Eltern und vielleicht erst später in der Schule einem Lehrer anvertrauen – wenn überhaupt – ist er bereits wieder in Frankreich und erzählt, wie schön der Ausflug nach Deutschland war.«

»Und die Schäfchen daheim in *Chassy* würden stets zu ihm halten, dem Dorfpfarrer, den sie schon so viele Jahre kennen. Der ist aus dem großen *Nevers* zu ihnen aufs Land gekommen, um für sie da zu sein. Wenn das keine Nächstenliebe ist.« Angi verdrehte die Augen Richtung Decke.

Floyd hob seinen Kopf Richtung Tür, als Max herein kam.

»Oh, du bist ja auch noch da!«, stellte ich überrascht fest.

»Klar. Das Verbrechen schläft nie!« Er klang wie die Figur aus einem Kitschroman. »Gut, dass du da bist, Steffen. Ich hab was!«

»Dann mal los.« Ich setzte mich wieder hin, als Max sich gegenüber unserer Schreibtische an die Wand lehnte.

»Ich habe die letzten Stunden mit ihm gechattet. Zwar nicht wirklich regelmäßig, aber doch hin und wieder. Wir haben uns ausgetauscht über diesen ganzen Kack. Also was man gerne machen würde oder gemacht hat und so. Ich wurde richtig kreativ.«

»Bravo. Trotzdem keine Details bitte«. Angi verzog das Gesicht.

»Nein, nein.« Max fuhr fort. »Außer dem einen hier. Ich habe versucht ihn etwas herauszufordern, im Sinne von 'Rollenspiele sind ziemlich geil'. Wir können uns sicher sein, dass es Kriegler ist. Er schwärmte davon Jungen in seine Zaubervorstellung einzubauen, die dann ein… nein, ich sag's lieber nicht.«

»Angi, halt dir die Ohren zu.«, sagte ich.

Max wiegte seinen Kopf hin und her. »Das perfekte Ende dieser privaten Zaubershow wäre ein 'spritziges Finale' seines Zauberstabs. So. Zu spät.«

»Das reicht uns als Details. Danke.« Mehr müsste ich weder Angi noch mir selbst zumuten. »Dann ist er es. Mit ziemlicher Sicherheit.«

»Ich habe dann ein bisschen versucht herauszufinden, was er beruflich macht und wo er herkommt. Das wurde ihm anscheinend zu viel. Daher habe ich dann viel von mir geschrieben, um ihn bei Laune zu halten. Irgendwelches blabla, dass ich eigentlich Immobilienmakler bin und meine alleinstehende Nachbarin gegenüber einen süßen Sohn hat und so'n Driss. Zwischendurch gab es dann immer mal wieder Pausen. Aber er antwortete dann doch wieder. Und ich weiß zumindest wo er hin will.«

Nun waren Angi und ich voll und ganz im Hier und Jetzt.

»Natürlich nur, wenn er mich nicht verarscht hat«, fügte Max hinzu.

»Und, wo will er hin? Frankreich?«, fragte ich mit großen Augen.

»Hmm, nicht ganz die richtige Richtung. Hamburg.«

»Puh. Dann haben wir neben den Franzosen, unserem LKA und uns selbst natürlich jetzt noch die Freie und Hansestadt Hamburg mit im Spiel. Das wird nicht einfacher.« Angi schien nun relativ ernüchtert.

»Nun lass den guten Herrn Ritter mal machen!« Max begann langsam zu grinsen.

»Was hast du jetzt wieder ausgeheckt? Ich muss am Schluss meine Zwiebel dafür hinhalten, wenn du hier Mist baust!«, fauchte ich Max an. »Entschuldigung, bitte. Es ist anscheinend zu spät für mich.«

Max stand neben mir und legte mir einen Arm um die Schultern. »Ja, war ein langer Tag für dich. Aber…«, er trat wieder zurück an seinen ursprünglichen Platz. »Ich kenne ja noch ein paar Leute aus meiner Zeit in Kiel. Die sind inzwischen nach Hamburg gewechselt. Also habe ich mein Kontaktverzeichnis durchgeschaut und«, Max machte eine Kunstpause, »bereits den richtigen Mann in Hamburg gefunden. Zumindest wenn es um Personenfahndung und Sexualdelikte geht.«

»Nicht schlecht. Und das noch zu dieser Stunde«, lobte ich den jungen Kollegen anerkennend.

»Am besten fährst du morgen früh hoch nach Hamburg. Der Alte wird dir da sicher freie Hand lassen. Ich schicke dir gleich die Kontaktdaten rüber, aber im Grunde genommen habe ich alles geklärt.«

»Ähm, ja. Bestens.« Ich wusste nicht mehr, was ich noch sagen soll.

»Der Kollege heißt Lars Reinicke. Er leitet eine Taskforce für diese Sachen. Anscheinend stehen die auf diese Begriffe: Taskforce und Chief-Operating-Officer und so weiter. Na ja. Jedenfalls leitet der Reinicke da oben die Taskforce *Nordwind*.«

11

Alsterblick

Nachdem ich die Runde mit Floyd deutlich abgekürzt hatte, fuhr ich nach Hause. Karla sah ebenfalls ziemlich fertig aus. Die neue Stelle als Referatsleiterin im Bundesumweltministerium machte ihr zu schaffen. Trotz allem hatte sie auf Floyd und mich gewartet.

Ich erklärte Karla die aktuellen Fortschritte in diesem Fall, wohl wissend wie diskret sie mit all diesen Sachen umging. Und während sie bereits das Bett aufsuchte, suchte ich ein paar Klamotten und persönliche Dinge für meine Fahrt nach Hamburg zusammen. Floyd lag relativ unbeeindruckt von meiner Packerei ist seinem Korb und döste vor sich hin. Es war weit nach Mitternacht als ich mich zu Karla ins Bett legte und mich an sie kuschelte.

Also stand ich am Donnerstagmorgen um 7.45 Uhr an Gleis 1 des Bonner Hauptbahnhofes und wartete auf meinen Zug. Ich hatte mich in Erinnerung an die Baustellen auf der A 1 gegen eine Fahrt mit dem Auto entschieden. Die Reisekostenabrechnung würde von Klaus Oberbrinkhaus schon abgezeichnet werden.

Die Bahn hatte sich seit dem letzten Fahrplanwechsel mal wieder etwas Neues ausgedacht und so verlief meine Reise nach Hamburg mit Umstieg in Köln. Als ich hundemüde meinen Platz im ICE 1626 gefunden hatte, versuchte ich krampfhaft nicht einzuschlafen. Zum einen galt es den Anschlusszug in Köln zu erreichen, zum anderen endete dieser Zug irrsinniger Weise in Hagen und dort wollte ich nicht unbedingt den Donnerstagvormittag verbringen.

Durch das Dach der Halle blickte ich nach oben und grüßte die Türme des Kölner Domes. Gegenüber auf Gleis 5 fuhr bereits der ICE 616 aus München ein, der mich nach Hamburg bringen sollte. Ich machte es mir auf meinem Einzelsitz am Ende des Wagens gemütlich. Später nahm im Halbschlaf war, dass das Münsterland an uns vorbeizog.

In Höhe des Bahnhofs 'Natrup-Hagen' zwischen Münster und Osnabrück wechselte ich in das Bord-Restaurant und versorgte mich mit einem nicht wirklich preiswerten, aber leckeren Frühstück. Die Steuerzahler mögen es mir verzeihen. Mit sechs Minuten Verspätung erreichte der Zug um 12.20 Uhr Hamburg Hauptbahnhof.

Oben am Ende der Rolltreppe wartete bereits Lars Reinicke. Er war etwa in meinem Alter, Anfang 40 und schien viel Wert auf seine Frisur zu legen. Unter dem rechten Ärmel seiner Jacke rutschte ein Silberkettchen hervor.

»Moin! Sie sind bestimmt der Bonner Kollege«, begrüßte er mich, Corona konform per Faust.

»Hallo, ja ganz recht. Bin ich so einfach zu erkennen?«, fragte ich etwas irritiert.

»Kripos erkennen sich untereinander doch von Weitem«, gab Reinicke lachend als Antwort. »Lars Reinicke. Also Lars. Willkommen in Hamburg.«

»Steffen. Steffen Reinders, aber vollständig auch bitte nur für's Protokoll.«

Lars lachte erneut. Das schien ihm zu gefallen. »Ich schlage vor, dass wir zuerst rüber fahren ins Präsidium. Ich hab für dich ein Hotel gebucht, falls du das nicht schon gemacht hast. Ich war einfach mal so frei, als guter Gastgeber.«

»Alles gut. Danke dir. Ich hätte mich dann heute im Laufe des Tages wahrscheinlich gekümmert. Je nachdem, wie lange ich bleibe«, sagte ich.

Lars führte mich zum Ausgang 'Kirchenallee', wo linker Hand etwas abseits hinter den Taxen sein silbergrauer VW Passat stand. Durch den Stadtverkehr lenkte er den Wagen Richtung Alsterdorf.

»Seit 1999 gibt es diesen neuen Standort«, erklärte er. »Von oben sieht das aus wie eine Art Speiche oder Felge. In dem Rundbau sind wir, das Präsidium, das LKA und das Presseamt untergebracht. Daneben sind die Einsatzdienste mit ihrer Motorradstaffel, die Bereitschaftspolizei und... ach ja... die Akademie der Polizei Hamburg ist auch noch ein paar Häuser weiter.«

Als wir den Bruno-Georges-Platz erreichten und Lars nach Vorhalten seines Dienstausweises durch die Schranke und das Schiebetor fuhr, erinnerte mich das

Gebäude aus Glas, Stahl und Beton eher an ein Krankenhaus. An der Pforte organisierte mir Lars einen Besucherausweis. »Sonst kannst du die Türen nicht öffnen und Aufzüge nicht anfordern. – Sicherheitsmaßnahmen.«

»Verstehe. Das ist sicherlich auch sinnvoll, bei den Einrichtungen, die ihr hier im Haus habt.«

»Allerdings. Man wollte damals alle polizeilichen Kräfte an einem Standort bündeln und das ist dabei herausgekommen: Das Nervenzentrum der Hamburger Polizei.«

Meinen Besucherausweis konnte ich direkt erfolgreich testen, als wir mit dem Aufzug in den dritten Stock fuhren und dann nach rechts in den Flur abbogen. Lars stellte mich durch kurzes Ablaufen der Büros flüchtig den Kolleginnen und Kollegen vor. Sein eigenes Büro am Ende des Flurs schien nicht größer als mein Büro in Bonn zu sein. Allerdings genoss Lars das Privileg hier alleine hausen zu dürfen und die Besprechungsecke mit einem kleinen Tisch und zwei schwarzen Loungesesseln gefiel mir.

In der Besprechungsecke richteten wir uns mit Tee beziehungsweise Cappuccino ein und fachsimpelten ein bisschen über Dies und Das, wie lange wir schon dabei waren und welche absurden Fälle wir der letzten Zeit bearbeitet hatten.

»Du hast Glück, dass dein Fall gerade in der Zeit vom *LÜZA-Projekt* liegt«, sagte Lars.

»Ist das so eine Hamburger Besonderheit?«, fragte ich.

»Ähm, nein. Kennt ihr das nicht? *Projekt für landesübergreifende Zusammenarbeit*? Das läuft doch seit einigen Wochen und außer den Bayern sind alle Bundesländer beteiligt, soweit ich weiß.«

»Die Kommunikation in Bonn läuft manchmal etwas schwerfällig«, gab ich Lars zu verstehen.

Dieser nickte zustimmend: »Ist hier nicht anders. Nur weil man mit dem LKA unter einem Dach sitzt, gehen die Dinge nicht unbedingt schneller. Manchmal eher im Gegenteil.« Er seufzte bei dem Gedanken.

Im Besprechungsraum hatte Lars seine Taskforce zusammengerufen. Er stellte mich erneut kurz vor und sammelte am Flipchart noch einmal die Eckdaten des

Falles und zeigte die bisherigen Ergebnisse auf. Zu meiner Überraschung stellte ich fest, dass das mir bis dahin unbekannte *LÜZA-Projekt* gut anlief. Die Kollegen hatten alle Informationen aus Bonn bereits vorliegen.

Während der Bahnfahrt hatte ich mir selbst verordnet keine E-Mails zu lesen und mir etwas Ruhe zu gönnen. Nun stellte ich fest, dass eine weitere Erkenntnis an mir vorüber gegangen war: Erich Kriegler war mutmaßlich tatsächlich in Hamburg.

»Zumindest wurde das Fahrzeug in der Nähe des Freihafens gefunden. Wie heißt die Straße genau?«, fragte Lars in die Runde.

»Neue Wollkämmereistraße«, antwortete einer der Hamburger Kollegen. »Das Auto stand beim DPD-Depot und beim Schichtwechsel der Belader fiel auf, dass das Auto niemandem gehörte. Daraufhin wurde der Streifendienst verständigt und ein Peterwagen losgeschickt.«

»Ja, danke, Maik«, gab Lars lobend zurück. »Bis auf weiteres ist dieser Kriegler nicht mehr im Chat gewesen. Abgesehen davon, dass wir ihn in der Fahndung haben, können wir im Moment noch nicht viel machen. Wir warten also darauf, dass er im besten Fall den nächsten Schritt macht.«

»Oder wir fordern ihn heraus. Wir ködern ihn«, sagte ein anderer Kollege, der sich als Pierre vorgestellt hatte. »Wir sind da dran!«

»Sehr gut. Wir überlegen uns spätestens morgen eine weitere Strategie, sofern wir bis dahin nichts Neues haben.« Mit diesen Worten schloss Lars die Besprechung und wir gingen zurück in sein Büro.

»So, dann bringe ich dich erstmal rüber in dein Hotel. Ich habe für dich was ausgesucht, das sowohl zentral liegt, als auch relativ ruhig. Und ein bisschen chic sollte es ja auch sein«. Lars zwinkerte mir zu und half mir mit meinem übersichtlichen Gepäck. »Das Hotel wird dir bestimmt gefallen. Es heißt *The George*.«

Lars hatte nicht zu viel versprochen. Am Empfang fühlte ich mir bereits richtig wohl und die junge Dame hinter dem Tresen suchte nach meiner Reservierung.

»Ah, hier. Herr Reinders. Polizei Hamburg. Herzlich willkommen.« Sie griff in einen Karteikasten.

»Sie haben Zimmer 606; den Gang links herunter finden Sie die Aufzüge.«

»Vielen Dank«, sagte ich und nahm die Schlüssel-karte für das Zimmer entgegen.

»Wenn du einverstanden bist, hole ich dich nachher zum Essen ab. Ich hab da schon eine Idee... so gegen 19.00 Uhr?«, fragte Lars, der ein Stückchen hinter mir gewartet hatte.

»Klar gerne. Das ist ja ein perfekter All-inclusive-Urlaub bei euch.«

Lars zeigte mir einen Daumen nach oben und ging durch die Drehtür nach draußen.

In meinem Zimmer angekommen, stellte ich fest, dass dies in der obersten Etage des Hotels lag. Nach-dem ich meinen Koffer und meine Aktentasche abgestellt und ein wenig ausgepackt hatte, ging ich hinaus auf den kleinen, umlaufenden Balkon vor meinem Fenster. Ich schrieb Karla eine WhatsApp-Nachricht, dass ich gut angekommen sei und ein super Hotel von den Hamburger Kollegen zur Verfügung gestellt bekam.

An dem kleinen Holztisch blieb ich noch eine Weile sitzen, checkte meine E-Mails auf dem Handy und genoss den spätsommerlichen Blick auf die Außenalster.

Nachdem ich mich für ein kurzes 'Powernap' hingelegt und geduscht hatte, ging ich durch das Treppenhaus herunter an die Straße. Vor dem Hotel kam gerade Lars Reinicke über den Bürgersteig auf mich zu.

»Sehr pünktlich. Das gefällt mir«, scherzte er. »Ist griechisch für dich in Ordnung?«

»Ja, selbstverständlich«, sagte ich. »Wenn du hier in der Nähe einen guten Griechen kennst…«

»Mein Lieber, einen sehr guten! Hier vorne an der Alster, zwei Blocks weiter. Komm, wir gehen rüber.« Lars stieß mich am linken Oberarm an und nickte in Richtung Fußgängerampel.

Als wir unsere Plätze im *Kouros* einnahmen, zeigte Lars auf das Gemälde über unseren Köpfen: »Von Udo gemalt. Das *Hotel Atlantic* ist hier etwa 600 Meter die Straße runter. Udo Lindenberg ist hier Stammgast.«

Ich las die Widmung auf dem Bild: *Für das Kouros –
bester Grieche in Hamburg. Udo.*

Und der sollte Recht behalten.

12

Lukáš

Ich saß mit einem brillanten Cappuccino am Fenster und blickte nach rechts auf die Straße und auf das gegenüberliegende Krankenhaus im Hamburger Stadtteil St. Georg.

Das Restaurant *DaCaio* wirkte nun ruhig und gediegen. Es lief leise Loungemusik im Hintergrund und das Servicepersonal war bemüht, das Eindecken der Tische und das Auffüllen des Frühstücksbuffets möglichst lautlos vorzunehmen. Am Vorabend war das ganz anders: Im hinteren Teil, wo ich nun mein Frühstück genoss, wurden italienische Speisen serviert. Im vorderen Teil des Raumes, zur Rezeption des Hotels hin, war die Bar *DaCaio* gut gefüllt. Stimmengewirr, laute Musik und Gelächter erfüllten den Raum.

Nach unserem Abendessen hatte ich es mir nicht nehmen lassen, Lars noch auf einen Schlummertrunk einzuladen. Sein Vorschlag doch direkt unten im Hotel zu bleiben, war in jedem Fall eine gute Idee gewesen. Zum einen bot die Karte des *DaCaio* eine große Auswahl an Cocktails und Longdrinks, zum anderen bot die Atmosphäre eine gewisse Intimität, wenn man sich 'in Ruhe' unterhalten wollte. Man konnte sich sicher sein, dass vom eigenen Gespräch so gut wie nichts den Weg zu den Nachbartischen fand, wenn man nicht gerade ein Megaphon benutzte.

Lars Reinicke und ich waren uns einig, dass Kriegler etwas mit dem Verschwinden und der Ermordung von Leo Sonntag zu tun hatte. Zwar fehlte noch der abschließende Bericht aus den Niederlanden, aber die Puzzleteile setzten sich allmählich zusammen.

Als ich gegen 10.00 Uhr im Polizeipräsidium Hamburg ankam, winkte mich Lars direkt in den Besprechungsraum seiner Abteilung. Dort saß bereits seine Ermittlungsgruppe an dem yachtförmigen Tisch aus Birnenholz. Der Etat schien hier etwas größer zu sein als im Rheinland. Dies fiel mir auch auf, als mir klar wurde, dass hier in zwei Schichten gearbeitet wurde. Und eben die 'Spätschicht' vom Vorabend beziehungsweise der Nacht, hatte beeindruckende Neuigkeiten:

»Der Kriegler hat zwei Fehler gemacht«, begann einer der Hamburger Kollegen, dessen Namen mir entfallen war.

»Erstens: Er hat eine Kleinanzeige bei Ebay aufgegeben, dazu gleich mehr. Ich zeige euch die Anzeige gleich per Beamer. Zweitens: Er hat mit Jonas im Chat geschrieben die halbe Nacht und hat dabei ein Foto von sich geschickt.«

»Also bestehen keine Zweifel mehr?«, fragte Reinicke nach.

Ich hatte mich am Ende des Tisches in die zweite Reihe gesetzt und verfolgte stillschweigend den Austausch.

»Korrekt«, sagte Jonas, offensichtlich ein Kollege aus dem Bereich für Kindesmissbrauch und Kinderpornografie. »Ich habe mich mit ihm im Chat ausgetauscht. Wir haben uns gegenseitig Bilder geschickt und er erwähnte, dass er zurzeit beruflich in Hamburg sei. Er könne nicht lange bleiben, da er bald zurück-müsse ins Ausland. Er wolle sich aber noch etwas vergnügen hier und würde gerne noch einen Jungen zu einer privaten Zaubervorstellung einladen. Da habe ich angebissen. – Ich habe ihm erzählt, dass ich Kontakt herstellen könnte, zu einem jungen Tschechen, der seinen kleinen Bruder davon überzeugen könne, gegen ein kleines Taschengeld.«

Reinicke stand mit verschränkten Armen am Kopf des Tisches: »Wie war Krieglers Reaktion?«

»Seine Antwort? *Fabelhaft.*«, sagte Jonas.

»Wenn er sich darauf einlässt, war es das. Sehr gut. Und dabei hat er auch ein Foto von sich geschickt?« Lars Reinicke wartete gespannt.

»Ja, richtig. Ich sollte das doch schon mal meinem Kontakt schicken. Sozusagen, damit er weiß, worauf er sich einlässt. Aber er ist es: Kriegler. Keine Frage.«

»Dann lasst uns schauen, dass er dran bleibt. Was war mit diesem zweiten Fehler?«, fragte Lars zurück in die Runde.

»Die Ebay-Kleinanzeige!«, fuhr der Kollege vom Anfang fort und öffnete auf seinem Laptop ein

Dokument, das er per Beamer auf die freie Fläche gegenüber des Besprechungstisches projizierte:

NEU in Hamburg:
Zaubervorstellungen
für Geburtstage und private Feiern
für Jungen im Alter von 10 bis 14 Jahren

* professionell * authentisch * magisch *

Monsieur l'âche – Tel. 0157/9678366

»Elke ist auf die Anzeige gestoßen und ihr fiel sofort der Name auf. Wir haben die Handynummer überprüft. Es handelt sich um eine Prepaidkarte, die in einer *dm*-Filiale in Wandsbek gekauft wurde. Das letzte Mal buchte sich die Karte in das Netz gestern Nachmittag ein, in Höhe der U-Bahn *Wandsbeker Chaussee*. Elke versuchte bereits anzurufen, um für Ihren Sohn eine Vorstellung zu buchen, aber bisher gingen alle Anrufe auf die Mailbox.«

Die Ressourcen, die hier anscheinend zu Verfügung standen, beeindruckten mich. Die Hamburger Kollegen ließen wirklich keine Zeit vergehen.

»Vielen Dank, Norman. Und auch dir Elke! Das bringt uns ein entscheidendes Stück weiter«, sagte Lars und atmete tief durch. »Jonas, inwieweit hast du noch Kontakt zu ihm?«

»Ich bin die ganze Zeit online und warte auf seine Antwort. Ich habe ihm geschrieben, dass ich kurzfristig ein Treffen arrangieren könnte. Um ihm die Sache schmackhaft zu machen, versprach ich ihm, dass der Junge von seinem Bruder gebracht wird und versicherte, dass er wirklich erst elf sei. Das sollte genügen, denke ich. Entweder er schlägt jetzt zu oder es wird ihm zu heiß. Hop oder top.«

Ich schmunzelte etwas bei der Formulierung ʻschmackhaftʻ.

»Gut, dann warten wir da ab. Bleibt an der Ortung des Telefons dran!« Lars machte eine nachdenkliche Pause. »Jonas«, sagte er weiter. »Hast du beziehungsweise habt ihr euch etwas überlegt, wie wir vorgehen, wenn er bei unserem Angebot zuschlägt?«

»Selbstverständlich. Eine Überlegung war, ihn per Ortung ausfindig zu machen und dann zu stellen in seiner Unterkunft. Irgendwo muss er ja, auch wenn es für ein paar Tage ist, wohnen. Aber: Wenn er sich wirklich auf das Angebot einlässt, sich mit dem Jungen zu treffen, sieht unser Plan anders aus.

Marek hat bereits mit seinem Sohn gesprochen und der ist natürlich 'heiß wie Frittenfett' Papa und der Kripo zu helfen. Das heißt, dass Mareks Sohn für uns den Köder spielt. Marek ist die ganze Zeit im Hintergrund dabei und selbstverständlich lassen wir den Jungen keine Sekunde aus den Augen. Das hat vor ein paar Jahren schon mal gut funktioniert. Erinnerst du dich an den Fall 'Hofer'?«

»Der hielt sich auch für ganz besonders clever. Und als wir ihn dann festnahmen, spielte er den 'leidenden Hartmut'«, warf Annette, eine weitere Kollegin ein.

»Ja, stimmt.« Lars nickte. »Da hatten wir das Treffen an der B 433 in Langenhorn organisiert. Und für Herrn Hofer war die Reise plötzlich zu Ende.«

»Ganz genau. Das Gleiche werden wir noch einmal versuchen. Es sei denn, du hast andere Vorschläge oder Einwände?«

»Nein, habe ich nicht. Ich denke, dass wir mit den Erfahrungen von damals einen guten Vorsprung haben. Oder hat sonst jemand Vorbehalte?«

Reinicke blickte in die Runde, bekam jedoch außer vereinzeltem Kopfschütteln keine Reaktion.

»Gut. Wir machen so weiter. Herr Reinders aus Bonn sollte dabei sein. So fair sollten wir schon sein. Ansonsten, lasst uns hoffen, dass der Typ sich bald wieder meldet.«

Es folgte ein Moment Schweigen und alle Beteiligten schienen noch einmal den Ablauf im Kopf durchzugehen, um zu prüfen, ob etwas vergessen wurde.

Kollege Jonas griff zu seinem Handy und rief einen Kontakt aus seinem Verzeichnis an: »Moin, Jonas hier. Marek, wir machen das so. Du kannst *Lukáš* schon mal Bescheid sagen!«

13

Baumwall

Neben dem bereits beschriebenen Zuhören besteht ein weiterer Großteil der Polizeiarbeit im Warten. Warten auf Rückrufe, Warten auf Beschlüsse, Warten auf den Feierabend.

Freitagmittag warteten wir alle auf eine Reaktion von Erich Kriegler. Laut dem IT-Kollegen war er zwischendurch immer mal wieder online, ohne großartig etwas zu schreiben.

Ich saß mit meinem Laptop in der Besprechungsecke von Lars Büro und prüfte meine E-Mails. Zwischendurch hatte ich bereits meine Bonner Kollegen informiert über den neuesten Stand der Dinge. Mein Blick fiel auf ein Buch, das auf Lars Schreibtisch lag: *Die Päpste und die Macht.*

»Und? Ist es gut?«, fragte ich während ich auf das Buch zeigte.

»Hab ich geschenkt bekommen. Aber Kirchengeschichte ist nicht so mein Ding. Na ja, da hat es jemand gut gemeint.« Lars zuckte mit den Schultern, als er das Buch anscheinend seit langer Zeit wieder einmal in die Hand nahm.

Die Zeit verging gefühlt so gut wie gar nicht und Lars hatte sich zwischenzeitlich mit dem Verfassen von Berichten gewidmet. Jonas, der Hamburger IT-Spezialist, steckte seinen Kopf durch die Tür: »Er hat geantwortet!«

»Okay, dann bin ich gespannt. Wir treffen uns alle im Besprechungsraum!«, sagte Reinicke und ich folgte ihm den Flur entlang.

Nachdem die Ermittlungsgruppe vollzählig war, begann Jonas mit den Ausführungen: »Kriegler hat angebissen. Er möchte den Jungen heute Abend treffen und ihn in seinem Hotelzimmer 'verzaubern', wie er schreibt. Wir haben uns auf 19.30 Uhr an der U-Bahnstation *Baumwall* verabredet. – Das ist ganz in der

Nähe von der Speicherstadt.« Jonas fügte den letzten Satz mit Blick in meine Richtung hinzu.

»Sehr gut. Ist Marek bereits informiert?«, fragte Lars Reinicke nach.

»Ja. Das läuft soweit alles. Wir sollten jetzt noch die Feinabstimmung machen.«, gab Jonas als Antwort.

Per Beamer wurde ein Bild aus *Google maps* an die Wand projiziert und parallel ein Stadtplan auf dem großen Tisch ausgebreitet. Es folgten ein paar Minuten von Gemurmel der Hamburger Kollegen untereinander, bei dem immer wieder per Finger Wege und Punkte auf dem Stadtplan gezeigt wurden. Ohne meine Orts-kenntnis hielt ich mich dezent zurück und wartete auf die finalen Befehle.

Lars Reinicke machte sich Notizen und ersetzte diese wieder durch neue. Schließlich kehrte wie von einer unsichtbaren Stimme gefordert Ruhe ein. Lars ging zum Flipchart und begann seine Aufstellung für den Abend.

»Wir werden alle an diesem Zugriff teilnehmen«, begann er, wobei er 'alle' durch seine Gestik besonders betonte.

»Sechs Trupps, in der Stärke von zwei bis drei! Wir wissen nicht, welche Erfahrungen Kriegler mit der Polizei hat und inwieweit er uns bemerken wird. Daher werden wir sternförmig über die Straßen *Vorsetzen*, *Stubbenhuk*, *Steinhöft* und *Baumwall* die U-Bahn ansteuern. Herr Reinders und ich fahren mit der Hafenfähre von den Landungsbrücken zur Elbphilharmonie und kommen dann über die *Niederbaumbrücke*. Der Bereitstellungsraum für die Fahrzeuge ist der Innenhof bei 'Gruner und Jahr', Anfahrt über *Hullstraße*.«

Lars zeigte auf der Projektion mit einem Laserpointer die genannten Punkte. »Die einzelnen Trupps stellt ihr in bewährter Weise zusammen! Die Talkgroup für den Funk teile ich noch mit. Wahrscheinlich werden wir wieder in der 11er- oder 12er-Gruppe funken. Einsatzbereitschaft alle Trupps ist 18.30 Uhr vor Ort. Ich vermute, dass Kriegler mit der U-Bahn ankommen wird. Falls ihr ihn bereits vorher fußläufig ausmacht, sofort Meldung an die Gruppe und Observation! Unser primäres Ziel soll sein, ihn beim Treffen von *Lukáš* festzunehmen. Falls er uns bemerken und flüchten sollte, nehmen wir die Verfolgung auf. Die Einsatzdienste sind wie üblich informiert und das 'PK 15' hält wenn möglich einen Peterwagen und ein Zivilfahrzeug frei.«

Lars drehte sich kurz in meine Richtung und ergänzte: »'PK 15' ist die Davidwache. St. Pauli. Und die Jungs sind verdammt schnell.«

Mit der Aufforderung die persönliche Ausrüstung einsatzbereit zu machen, wurde die Besprechung vorerst beendet. Lars würde den Einsatzbefehl im Anschluss noch einmal per E-Mail an alle Beteiligten schicken und seine Vorgesetzten, als auch die der Einsatzdienste in den Verteiler aufnehmen.

»Wir haben noch ein paar Stunden Zeit und im Moment habe ich keine andere Aufgabe für dich. Möchtest du noch einmal zurück ins Hotel?«, fragte Lars, als wir beide wieder in seinem Büro ankamen.

»Ja, das ist wahrscheinlich eine gute Idee. Ich überlege, ob ich schon einmal runter fahre zum Hafen und mich ein bisschen umschaue.«

»Gute Idee!«, stimmte Reinicke mir zu. »Das Wetter ist für unsere Verhältnisse gut. Nutz das aus!

Ich hole dich um 18.00 Uhr am Hotel ab. Wenn in der Zwischenzeit noch etwas passiert, melde ich mich. Eine Schutzweste bringe ich dir nachher mit. Größe M?«

Ich musste spontan grinsen und an mir herunter gucken. »Nimm mal lieber L!«

»Wird gemacht!«, gab Lars zwinkernd zurück.

»Und Steffen!«

»Ja?!« Ich drehte mich beim Packen meiner Sachen zu ihm um.

»Gönn' dir an den Landungsbrücken noch ein Fischbrötchen! Sonst bist du doch gar nicht richtig in Hamburg gewesen.«

14

U 3

Nachdem ich mir ein wahrlich köstliches Fischbrötchen gekauft hatte, schlenderte ich oberhalb der Landungsbrücken entlang. Als Treffpunkt war die U-Bahnstation gut gewählt. In alle Richtungen gab es Fluchtmöglichkeiten, sowohl zu Fuß als auch per Fahrzeug. Ich versuchte die Gedanken über den möglichen Ausgang dieses Abends nicht näher an mich heran zu lassen. Die Kollegen kannten ihr Revier und die Aufteilung in mehrere Teams erschien mir sinnvoll. Über den Hauptbahnhof fuhr ich zurück Richtung St. Georg.

Ich vereinbarte mit der Rezeption im *The George* meine Abreise für den nächsten Tag. Auch wenn der Zugriff misslingen sollte, würde ich zurück nach Bonn fahren. In meinem Zimmer telefonierte ich kurz mit Klara und anschließend mit Angi. Der Bericht der niederländischen Gerichtsmedizin lag ihr inzwischen vor. Demnach konnten keine Anzeichen für einen Missbrauch festgestellt werden. Andererseits aber eine nicht geringe Menge an Rückständen von Lorazepam im Verdauungstrakt. Angi teilte meine Vermutung, dass sich Kriegler bei der Dosierung verschätzt hatte und den leblosen Jungen, womöglich in Panik, im Rhein "entsorgt" hatte.

Nachdem mich Lars Reinicke vor dem Hotel abgeholt hatte fuhren wir Richtung Landungsbrücken. Am Eingang des Alten Elbtunnels stellte er sein Auto ab. Ausgestattet mit Schutzwesten unter unseren Jacken und den verdeckten Funkgeräten gingen wir hinüber zur Brücke 1. Die Hafenfähre der Linie 72 trudelte ein und wir gingen über die schmale Gangway an Bord in den geschützten Bereich im Bug.

»Diese Fähren werden 'Bügeleisen' genannt, aufgrund ihres Aussehens. Die HADAG plant bereits die nächste Generation der Bügeleisen, dann mit Brennstoffzellen. Hier ist viel im Wandel.« Lars zeigte durch die Fenster auf die *Cap San Diego* und schon bald auf die an der linken Seite imposant erscheinende Elbphilharmonie. Vom Anleger gingen wir Richtung Speicherstadt und ein Blick in das neue Quartier Hafencity verdeutlichte Lars Worte: *Hier ist viel im Wandel.*

Am *Sandtorkai*, in Höhe der Hafenpolizeiwache, warteten wir auf die Meldungen der anderen Teams. Es war 18.27 Uhr als per Funk die letzte Meldung 'einsatzbereit' kam.

»Dann geht's los. Mal sehen, ob er auftaucht«, sagte ich, als wir die *Niederbaumbrücke* betraten. Lars nickte schweigend aber zustimmend zu mir herüber.

Marek hatte sich bereits, wie abgesprochen, auf dem Bahnsteig der stadteinwärtsfahrenden U-Bahnen in Position gebracht. Er wirkte mit Anfang 30 deutlich jünger, was er durch seine Kleidung, Sneaker und das *NY*-Cap unterstrich. Als großer Bruder hätte er ohne weiteres durchgehen können. *Lukáš* stand direkt neben ihm, spielte mit seinem Handy und winkte zwischendurch den ihm bekannten Kripo-Kollegen auf dem gegenüber-liegenden Bahnsteig zu. Es schien ihn nicht sonderlich aufzuregen, heute den 'Köder' zu spielen.

»Die nächste Ermittlergeneration!«, sagte Lars schmunzelnd. Wir waren kommentarlos an den beiden vorbei gegangen und hatten uns zur Mitte des Bahnsteigs begeben.

»Guten Nachwuchs kannste immer gebrauchen«, gab ich zurück. »Wenn er wirklich denselben Weg einschlagen sollte… schlecht wär es ja nicht.«

»Allerdings«. Lars zog die Augenbrauen hoch.

Ich blickte in die Runde und erkannte nach und nach die Hamburger Kollegen, die sich am Anfang und am Ende unseres Bahnsteiges, auf der Treppe sowie auf dem gegenüberliegenden Bahnsteig positioniert hatten.

»Die Leitstelle der Hochbahn ist informiert«, erklärte Lars. »Falls wir einen Zug per Notbremse stoppen müssen. Aber davon gehe ich erstmal nicht aus. Ich bin gespannt, wie dein Zauberer sich das weiter vorstellt.«

»*Mein* Zauberer? Hör mal, ich habe den Typen noch nie gesehen, geschweige denn mit ihm gesprochen! Und außerdem waren es deine Leute…«

»…die ihn hierher locken. Ja, du hast Recht.« Lars beendete entschuldigend meinen Satz. Langsam schien in ihm die Nervosität aufzusteigen. Wieder einmal begann die Wartezeit auf das, was passieren oder eben auch nicht passieren würde.

Mein Blick schweifte ab Richtung Hafen und Elbphilharmonie und ich wurde ein bisschen neidisch auf Lars und seine Kollegen, die dieses Panorama so gut wie jederzeit genießen konnten, wenn sie wollten.

Lars stieß mich mit dem Ellenbogen an und holte mich und meine Aufmerksamkeit blitzartig zurück. 19.35 Uhr, der U-Bahnzug Richtung Wandsbek hatte soeben die Station verlassen. Ein großgewachsener Mann im dunkelblauen Mantel und mit FFP2-Maske kam die Treppe hinauf. Das Gesicht schien recht oval und ein bisschen kantig zu sein. Die braunen Haare gingen seitlich bis knapp zu den Ohren und setzen über der hohen Stirn an. Über der FFP2-Maske trug er eine grün-türkis-gemusterte Brille mit runden Gläsern.

Lars und ich wandten uns Richtung Hafen ab und fachsimpelten über Autos und die Preiserhöhung im *HVV*, dem Hamburger Verkehrsverbund, als der Mann schweigend an uns vorbei ging und im letzten Drittel des Bahnsteiges stoppte. Er blickte einen Moment in verschiedene Richtungen und holte dann sein Handy aus der Manteltasche. Nachdem er dort anscheinend etwas gelesen hatte, schlich er zurück Richtung Treppe an der anderen Seite des Bahnsteiges. Dieses Mal folgten Lars und ich ihm unauffällig aber bestimmt.

Der Mann ging an Marek und seinem Sohn vorbei, wobei er beide mit einem flüchtigen Seitenblick warnahm. Kurz vor der Treppe drehte er erneut um und ging nun auf Marek zu. Lars und ich standen mehr oder weniger direkt daneben und Lars begann über die Bauarbeiten der Hochbahn zu fluchen und dass man sich nicht mal mehr auf die U-Bahn verlassen könne.

Die in Richtung *Sternschanze* einfahrende U-Bahn auf dem anderen Gleis ließ uns das Gespräch nicht verstehen. Marek nickte zwischendurch zustimmend, gab anscheinend kurze Antworten und streichelte seinem Sohn dabei über den Rücken.

Die U-Bahn gegenüber verließ die Station.

Nun hörten wir *seine* Stimme: »Ich habe ein nettes Zimmer in einem Hotel hier in der Nähe. – Wollt ihr mir einfach folgen?«

Lars und ich machten einen Schritt auf Kriegler, Marek und *Lukáš* zu. Zwei Hamburger Kollegen standen urplötzlich im Treppenabgang, während die beiden anderen sich hinter unserem Rücken vom Ende des Bahnsteiges näherten. Alles lief ohne Hektik und mit einer gewissen Achtsamkeit ab.

Lars zeigte seinen Dienstausweis in Richtung Krieglers Gesicht: »Ich schätze, dass Sie uns folgen! Herr Kriegler...«

Kriegler stand regungslos vor uns. Er schien erst nach und nach zu begreifen, was geschah. Die nächste U-Bahn der Linie U 3 fuhr an unserem Bahnsteig ein. Kriegler sah mir in die Augen.

»Vater, in deine Hände lege ich meinen Geist«, sagte er ruhig und machte einen großen Schritt nach hinten, noch bevor einer vor uns reagieren konnte.

Zwei dumpfe, knallartige Laute erfüllten die U-Bahnstation als der Zug Krieglers Körper erfasste und unter sich verschlang.

15

August Schierhölter

Oberhalb der Landungsbrücken blickten Lars Reinicke und ich auf den Hafen. Die letzten Hafenfähren fuhren ihre Linien und die Norderelbe wirkte ruhig und spiegelte die ersten Lichter der Kräne am Container-terminal *Altenwerder*. Lars zog einen silbernen Flachmann aus der Innentasche seiner Jacke. Bevor er einen Schluck nahm, reichte er mir die eigenwillige Flasche aus Aluminium herüber.

»Korn. Aus dem Osnabrücker Land.« Er schaute erneut Richtung Elbe herunter. »In solchen Momenten… Du weißt ich, was ich meine. Der hier schmeckt mir am besten.«

Ich nahm den Flachmann und schaute einen Moment schweigend auf die unter uns liegenden Landungsbrücken und das seichte Wiegen das Wassers.

»Danke. Auf…«, ich setze an, um einen Schluck zu nehmen.

Lars antwortete umgehend: »*August Schierhölter. Alte Familienbrennerei. Ich mag Tradition.*«

»Auf *August Schierhölter.*«

Ich merkte wie der Schnaps sich leicht brennend seinen Weg suchte und sich ein wärmendes Gefühl in meiner Magengegend ausbreitete. Wortlos gab ich Reinicke den Flachmann zurück, der ebenfalls einen Schluck nahm.

Nachdem mich Lars zum Hotel zurückgebracht hatte, duschte ich ausgiebig und obwohl ich keinen richtigen Hunger hatte, ging ich noch einmal hinaus und bestellte mir im *Peter Pane* einen Burger, der ironischer Weise ‛Der Held‛ hieß. Lars hatte mir zugesagt, mich am nächsten Morgen zum Bahnhof zu bringen. Während ich auf mein Essen wartete, schrieb ich Karla und meinem Team in Bonn eine WhatsApp-Nachricht mit dem aktuellen Stand der Dinge. Karla antwortete sofort: *Du Armer! Kommst du morgen wieder zurück? Floyd und ich warten auf dich.* Von Angi oder den Kollegen kam keine Antwort. So gut kannten sie mich, dass sie wussten, ich würde mich bei Gesprächsbedarf melden.

Lars hatte mir empfohlen bereits in *Hamburg-Dammtor* in den Zug zu steigen, da dort das Gedränge auf dem Bahnsteig deutlich weniger war. Und so stand ich am nächsten Morgen um kurz nach 10.00 Uhr vor dem denkmalschützten Bahnhofsgebäude und verabschiedete mich von Lars Reinicke. Wir hielten unseren Abschied bewusst kurz. Zum einen würden wir in den nächsten Tagen und Wochen ohnehin Kontakt haben, um die abschließenden Bericht fertig zu stellen. Andererseits sicherten wir uns gegenseitige Besuche zu, da hier eine Freundschaft im Begriff war zu entstehen.

Auf dem Bahnsteig zog ich mein Handy aus der Tasche und wählte Angis Nummer im Präsidium.

»Guten Morgen. Wie geht's dir?«, meldete sie sich.

»Hallo. Ab gesehen von dem Offensichtlichen, bin ich ziemlich müde. Ich steige gleich in den Zug. Wegen der Bauarbeiten fahre ich bis *Siegburg/Bonn*, aber Karla wird mich abholen. Ich versuche gleich im Zug etwas abzuschalten.«

»Mach das!«, sagte Angi und machte eine Pause.

»Es wird nicht langweilig.«

»Was heißt das denn schon wieder?«, fragte ich mehr oder minder genervt.

»Oberbrinkhaus hat uns gebeten eine neue Ermittlungsgruppe zu bilden, wenn du zurück bist. Zwei polnische Austauschschülerinnen sind nach ihrer Ankunft am Flughafen *Köln/Bonn* als vermisst gemeldet worden.« Angi seufzte.

»Nicht mehr heute. Wir sehen uns Montag«, gab ich zurück.

»Ach, Steffen!«, sagte Angi, bevor ich das Gespräch beenden konnte. »Du hattest nur geschrieben: *Beendet. Kriegler hat Glück gehabt.* Das heißt, er ist tatsächlich noch geflüchtet und entkommen?«

»Hätte ich dann geschrieben, dass er Glück hatte?«

Ich verabschiedete Angi, stieg in den eingefahrenen ICE und machte mich auf den Heimweg.

Hinweise zu diesem Buch

Auch wenn einige (Vor-) Namen meinem Freundes- und Bekanntenkreis entliehen sind, haben diese Personen in der Realität niemals die beschriebenen Funktionen inne gehabt. Jegliche Ähnlichkeit oder Namensgleichheit wäre rein zufällig und unbeabsichtigt.

Die in diesem Buch genannten bzw. erläuterten Ermittlungsmethoden, Kooperationen (z. B. zwischen den Staaten), Prozesse etc. sind rein fiktiv und entsprechen keiner realen Grundlage.

Der sexuelle Missbrauch von Kindern stellt neben der moralischen Verwerflichkeit eine schwere Straftat dar. Diese abscheulichen Vergehen sollen durch die teils saloppe Ausdruckweise keinesfalls verharmlost werden.

Das Cover wurde mit Ressourcen und Bildern der Plattform www.freepik.com gestaltet.

Herzlichen Dank an meine Familie für Inspiration und Unterstützung und dem Verlag für die Umsetzung dieser Idee.

Dominik Kriege

EINMAL EUROPA…

zum Mitnehmen, bitte.

Europa befindet sich im Wandel. Die 17 Reisegeschichten aus diesem Buch berichten von den Städten, den Landschaften und den Menschen des Kontinents.
Mal humorvoll, mal melancholisch – immer nah dran.

Nach dem Lesen dieser Geschichten möchte man liebsten selbst aufbrechen, um Europa zu bereisen.

BoD-Books on Demand; 1. Edition (28. November 2017)
broschiert, 284 Seiten
ISBN: 9783746035994

NACH SÜDEN

Ganz allein und mit knappem Budget begibt sich Marius auf eine fünfmonatige Reise durch Südamerika.

Kurz vor der Abreise ist sein guter Freund Tobi - der mit an Bord sein sollte – verstorben.

Während rustikale Busse, Sprachprobleme, widerborstige Zöllner und gefährliche Tiere verlangen, ganz wach im Hier und Jetzt zu sein, bleibt sein Kopf hin- und hergerissen zwischen kurzer Euphorie und der Trauer um seinen Freund.

Aber lässt sich auf der Reise vielleicht lernen, mit so einem herben Verlust fertig zu werden?

telescope; New Edition (12. Dezember 2019)
broschiert, 336 Seiten
ISBN: 9783959150552

HANNA KOMMT AUCH

Robert ist zwanzig und soeben von zuhause ausgezogen.

Die erste eigene Wohnung, die neue Stadt Kassel, die Uni, die neuen Gesichter. All das wäre Grund genug, nervös zu werden. Doch für Robert gibt es einen Grund mehr.

Der Grund heißt Hannah. Und Hannah ist in ihm immer mit dabei.

BoD-Books on Demand; 1. Edition (21. Januar 2021)
Taschenbuch, 360 Seiten
ISBN: 9783752674422